GLÜCKSINN

Ich bin mir bewusst, dass ich mir bewusst bin…!

AF222352

Bibliografische Information der Deutschen Nationalbibliothek
Die Deutsche Nationalbibliothek verzeichnet diese Publikation
in der Deutschen Nationalbibliografie: detaillierte bibliografische
Daten sind im Internet über http://dnb.d-nb.de abrufbar.

Das Mädchen im Regenbogenlicht - Foto von Suse Rebehn
aus www.fotocommunity.de
Lektorin: Isabelle Friedrich
© 2009 Hartmut Krebs
Neuauflage – Inhalte überarbeitet Februar 2014
Satz, Umschlaggestaltung. Herstellung und Verlag:
Books on Demand GmbH, Norderstedt
ISBN 978-3-8370-7146-7

MEINEN GELIEBTEN ELTERN
OHNE IHRE LIEBE ZUEINANDER
WÄRE ICH NICHT IN DIESEM
LEBEN!

Inhaltsverzeichnis

SCHMETTERLING 5

SCHMETTERLINGSTRAUM 6

FALLEN 14

EIN AUGENBLICK 15

DIE KLEINE WELLE 17

SOMMERTAG 29

SOPHIE UND DER LIEBE GOTT 31

NOVEMBER 34

SINNGEWITTER 35

DER FLUSS 49

SCHWANENWIND 51

WORTE 66

NACHTLICHTER 68

LOTUSBLUME 82

KÖNIGSKINDER 84

RAUM DER STILLE 97

VERTANE ZEIT? 99

ZUHÖREN 107

DÄMMERLICHT 108

ERKENNEN 110

BEWUSST SEIN 115

GETRAGEN 116

SCHMETTERLING

TÄNZER DER LÜFTE
FREUND DER BLUMEN
DEIN FLÜGELSCHLAG
MANCHMAL UNGELENK
SCHAUKELND
DANN SCHWEBEND
GLEITEND
SO WUNDERBAR
DEINE FARBENPRACHT
BERÜHRT MEINE SINNE
MEIN HERZ.

DU ÖFFNEST DICH
BEGLÜCKEND UND SCHÖN
SCHWINGST DICH AUF
STREIFST DIE WINDE
BEWEGST DIE WELT
BEWEGST MICH.

ls ich jung war, waren meine Gedanken und ich eins, waren meine Gefühle ein Teil von mir und so wirklich wie mein Körper, ich war mein Körper, ich war meine Gefühle, ich war meine Gedanken. Meine eigenen Gedanken differenziert und mit Abstand zu betrachten, lediglich als Ausdruck dessen was ich bisher verstanden habe oder hatte, was ich gehört hatte, gelesen oder was irgend jemand mir vermittelt hatte, übertragen, suggeriert hatte als etwas Wahres oder als Wahrheit schlechthin, das hatte ich noch nicht gelernt.

Dass ich letztendlich mit meinen Gedanken auch meine eigene Wirklichkeit schaffe, ja, das ich Einfluss auf die Wirklichkeit, meine Wirklichkeit, nehme und dass sich das dann gut oder nicht so gut anfühlt, sich gute oder weniger gute Gefühle damit verbinden, das habe ich erst sehr viel später verstanden. Ja, und zuletzt habe ich sogar gelernt zu träumen, mein Leben zu träumen, meine Gedanken zu Traumbildern werden zu lassen und durch den unendlichen Raum wandern zu lassen. Den grenzenlosen Raum meines eigenen Geistes.

Schmetterlingstraum

Einst wanderte ich in einem Traum in eine andere Welt. Der Traum war so wirklich und so wahr, wie ich jetzt hier sitze und das Geträumte aufschreibe, um dich teilhaben zu lassen an meinen Traumbildern.

Der Traum

Ich stand auf der Kuppe eines Hügels und schaute auf ein endloses Grasmeer. Kein Horizont war zu sehen. Nur unendliche Weite ohne Ende der wogenden grünen Halme, die so zahlreich waren, wie die Wesen unserer Welt. Zwei Sonnen schienen von einem klaren blauen Himmel und die weißen Wolken, die vereinzeln vorbeizogen, ließen ihn aufleuchten und erstrahlen. Ein leiser, warmer Wind zog über die weite grüne Fläche, die sich einsam vor meinen Augen ausdehnte und zeichnete bewegte Wellen auf das satte Grün. Ich bemerkte die ungewohnte Endlosigkeit jetzt ganz bewusst und mir wurde ein wenig schwindelig.

„Das kann nicht sein", dachte ich. „Wo ist der Horizont, wo das Ende?" Aber da war nur die schier endlose Weite der Gräser und irgendwo in einer nicht sichtbaren Ferne verschwamm alles, wurde mit dem Himmel eins, ohne eine klare Trennung zwischen Himmel und Erde, wie ich es kannte und gewohnt war.

„Ich bin auf einem anderen Planeten", dachte ich nur und begann den Hügel hinabzusteigen. Dabei versank ich mit jedem Schritt mehr in den Gräsern, bis ich mittendrin stand und die Halme mir bis fast an die Hüfte reichten.

„Irgendwo muss doch ein Ende sein", war mein Gedanke und dabei fühlte ich im Weitergehen eine überwältigende Leichtigkeit und Schwerelosigkeit in mir und um mich herum.

„Bin ich gestorben?" sprach es in mir.

„Nein, du träumst nur", antwortete es.

Ich ging weiter und nach einer Weile sah ich ganz weit in der Ferne einen bunten, leuchtenden Fleck im endlosen Grün der Halme und Gräser. Die kräftigen Farben zogen mich wie ein Magnet an. So marschierte ich weiter und weiter auf diese Stelle zu. Und dann war ich ganz nah, so nah, dass ich ein Blumenmeer erkennen konnte.

„Eine Insel im Meer", so empfand ich es und schritt jetzt noch kräftiger aus. Als ich die Blumen, die in allen möglichen Farben dort standen, erreicht hatte, schob sich eine breite weiße Wolke vor die zwei Sonnen und tauchte die Landschaft in ein mattes aber immer noch strahlendes Licht. Langsam ging ich in die Hocke, bis mein Gesicht einer roten Blume ganz nah war. Ein süßer Duft umwehte sie und vermischte sich mit den tausend anderen Düften der in vielen prächtigen Farben leuchtenden Blumen um mich herum. Der süße Duft strömte in meine Nase und einer heißen Welle gleich, verteilte sie sich in meinen Körper und ich zitterte, als hätte ich eine Droge eingeatmet. Ich setzte mich hin. Aus dieser Perspektive waren nur noch die Blumen zu sehen, die sich jetzt, wie vorher die Gräser, in der Unendlichkeit verloren.

Dann sah ich mich lang ausgestreckt in den Blumen liegen. Mein Blick war in den Himmel gerichtet, hatte keinen Halt dort oben und wanderte langsam hin und her auf der Suche nach den weißen Wolken, die vor einigen Augenblicken dort oben zu sehen waren. Als mein Geist und der endlose Raum sich beinahe ineinander aufzulösen begannen, bemerkte ich ein kleines, flatterndes Etwas im Blau des Himmels. Es war noch weit weg, bewegte sich aber hin- und her taumelnd immer näher auf mich zu.

„Raum und Freude untrennbar", sprach es in mir und dann: „Was ist das"? Wie gebannt starrte ich nun auf diesen schaukelnden Punkt und erkannte plötzlich, was es war: „Ein Schmetterling!" sagte ich laut und war erstaunt über meine eigene Stimme. Plötzlich fiel er wie ein Stein nach unten und als ich mich aufgesetzt hatte, um zu sehen, wo er hingefallen war, sah ich ihn ganz nah auf einer Blüte sitzen. Auf allen Vieren kroch ich langsam zu der Blume und dem Schmetterling. Dabei versank ich in den Farben der vielen Blumen und musste einen ganz langen Hals machen, um mit dem Kopf oben zu bleiben. Jetzt war ich ganz nah, so nah, dass ich meinte, seinen Atem in meinem Gesicht zu spüren. Seine zarten Flügel waren lebendig und fast durchsichtig, wenn sie von einem Lichtstrahl getroffen wurden. Sie leuchteten in vielen Farben, glitzerten, sprühten, funkelten und zitterten dabei kaum sichtbar. Die Farben waren in wohlgeordneten kunstvollen Mustern angeordnet. Er war herrlich anzusehen und ständig wechselten die Farben, Muster und Bilder auf seinen Flügeln, waren klar, deutlich umrissen und verschwammen wieder zu einem farbigen fließenden Gebilde.

„Du bist ja ein besonders schöner...!" sprach ich zu ihm und war jetzt ganz nah, so nah, dass ich in seine Augen blicken konnte.

„Ich weiß", antwortete er zu meiner Überraschung und schaute mich mit vielen blauen Augen an.

„Du kannst sprechen?" fragte ich etwas irritiert.

„Siehst du noch jemanden hier?" fragte er zurück. „Woher kommst du denn?" fragte er mich jetzt.

„Keine Ahnung", antwortete ich wahrheitsgemäß. „Dort von dem Hügel", versuchte ich zu erklären, weil er wohl eine vernünftige Antwort erwartete und ich wirklich nicht wusste, woher ich eigentlich gekommen war. Als ich mich dann als Bestätigung zu dem Hügel umsah, konnte ich keinen sehen.

„Was für einen Hügel meinst du denn?" fragte er auch prompt.

„Ach – der ist wohl zu weit weg. Wusste gar nicht, dass ich so weit gelaufen bin".

9

Der Schmetterling sah mich weiter neugierig und forschend mit seinen vielen blauen Augen an. Ich spürte ein leises Unbehagen unter seinen hundert Blicken.

„Und woher kommst du?" fragte ich, um mich aus der unangenehmen Situation zu befreien.

„Na – von da oben aus dem Himmel, aus der Weite des Raumes". Er schien zu lächeln. Überhaupt bemerkte ich jetzt, dass er ein Gesicht zu haben schien, fast wie ein Mensch.

„Ich bin wohl in einem Märchen gelandet", meinte ich nur und war dabei ganz ruhig, so als hätte ich schon tausende solch merkwürdiger Situationen und Schmetterlinge erlebt und als wäre es ganz normal, eine solche Feststellung zu machen.

„Du träumst nur", stellte der Schmetterling ebenso ruhig fest. „Du träumst, mehr nicht", wiederholte er seinen Satz.

„Klar", meinte ich kurz und dachte angestrengt nach, wie das sein konnte, hier zu sitzen und zu träumen, wo doch alles so real und klar, so wirklich erschien und ich doch mit all meinen Sinnen und meinem Geist hier anwesend war.

„Träumen", meinte ich dann, „ja, kann sein". Wir schwiegen beide. Meine Augen hingen an den leicht schwingenden Bewegungen seiner Flügel, an den sich ständig verändernden Farben- und Formenmustern. Sie schimmerten jetzt samten weich und das gleichförmige Schwingen, das Auf- und Zuklappen seiner Flügel machte mich ganz still und irgendwie leer.

„Alles ist nur ein Traum", meinte er dann. „Was ist schon wirklich und was nicht?"

10

„Ich weiß es nicht, nicht wirklich", antwortete ich. „Jetzt ist das Hier und Jetzt wirklich, oder?"

„Ja", murmelte er, „das Hier und Jetzt!" Dabei sah er mich an und lächelte. Es war ein sehr sanftes, fast liebevolles Lächeln und es löste ein schönes und warmes Gefühl in meiner Brust aus.

„Ich bin ein schöner Gedanke von dir", meinte er dann. „Du hast ihn gedacht, als du träumend in den Blumen gelegen hast. Jetzt bin ich hier und erscheine dir als das, was das Wesen deines Gedankens war, als du ihn zu Ende gedacht hattest". Er hatte mit einer sehr ruhigen, klaren Stimme zu mir gesprochen und das Gefühl der Leere in mir hatte sich, während er sprach, weiter vertieft. Ich verstand, was er sagte, konnte mich aber nicht erinnern, vorhin etwas gedacht zu haben, einen bewussten Gedanken gehabt zu haben.

„Na prima", meinte ich schließlich etwas säuerlich. „Meine Gedanken sind also bunte Schmetterlinge, Insekten".

„Das siehst du in mir?" fragte er erstaunt, „ein Insekt – nur einen Schmetterling und Insekt?"

„Aber schön bunt", fügte ich etwas hastig hinzu, denn ich hatte ihn wohl beleidigt, was ich nicht wollte.

„Schön bunt", wiederholte er ganz langsam und etwas traurig, wie mir schien.

„Entschuldige", meinte ich, „aber was oder wer bist du dann?

„Ein schöner Gedanke von dir!" wiederholte er sich.

„Kannst du mir das erklären?" fragte ich, nachdenklich geworden.

„Ich hätte auch als Ungeheuer vom Himmel auf deinen Kopf fallen können", war seine Antwort.

„Also", begann ich, jetzt vorsichtiger meine Worte wählend, „du bist ein schöner Gedanke von mir, dort oben irgendwo im Blau des Himmels habe ich dich ohne mein Wissen gedacht und dann bist du als Sinnbild meines Gedankens hierher zu mir heruntergetaumelt oder gefallen? Richtig?"

„Das hört sich ironisch an. Bist du ein ironischer Mensch, ein selbstironischer Mensch?" ergänzte er seine Frage.

„Nein – oder... kann sein", entgegnete ich jetzt ungeduldig.

„Und ein ungeduldiger dazu?" fragte er weiter. Ich sah ihn an und bemerkte, dass sein Aussehen sich verändert hatte. Der Glanz seiner Farben war blasser geworden und seine Augen dunkler, irgendwie traurig.

„Es tut mir leid", reagierte ich auf diese Beobachtung. „Ja, es tut mir leid. Also, bitte erkläre mir, was du meinst!"

„Na gut", murmelte er leise vor sich hin. „Ich soll dir, ich, als dein schöner Gedanke, den du vorhin gedacht hast, erklären, woher ich komme oder wie das kommt, dass ich dir als Insekt, als Schmetterling begegne?"

„Ja!" antwortete ich laut. „Ja, genau!"

„Nun gut", sprach er jetzt wieder ganz ruhig und langsam. „Ein Schmetterling ist ja nicht gleich ein Schmetterling. Erst ist er ein Ei, dann eine Raupe, später dann ein Kokon und erst dann wird er ein Schmetterling. Gedanken sind demnach zunächst Ideen, also oft recht vage Vorstellungen, irgendein Wissen. So werden sie geboren und langsam ausgebrütet. Dann sind diese Ideen auf der Suche nach Nahrung. Gierig fressen sie alles in sich rein, nähren sich, bis sie dick und fett sind. Irgendwann ist ein Punkt erreicht, wo sie zur Ruhe kommen, sich zurückziehen und sich einkapseln. Und dann verwandeln sie sich und werden zu einem wunderschönen Schmetterling oder einer dicken Motte, einem schwarzen Angst einflößenden Käfer oder sonst was. So ist das mit den Gedanken!"

Ich schwieg und ließ seine Erklärung auf mich wirken. Hatte auch der weite Himmel eine Bedeutung im übertragenen Sinne? Vielleicht sogar die unendliche Weite des wogenden Grasmeeres und all die wunderschönen bunten so herrlich duftenden Blumen? Und die zwei Sonnen? Was war mit den zwei Sonnen? War alles nur eine Metapher, mein ganzes Leben nur eine bildhafte Beschreibung von etwas anderem? Der Schmetterling schien meine Gedanken zu ahnen:

„Alles ist mitunter auch Ausdruck von etwas anderem", meinte er. „Hinter allem verbirgt sich immer auch etwas Höheres oder etwas, das anders ist, als das, was uns offensichtlich und real erscheint. Alles erscheint im Raum und löst sich darin irgendwann auch wieder auf. Herauszufinden, was wirklich ist, wie die Dinge wirklich sind, das ist deine Aufgabe. So ist das nun mal!"

Ich schaute in seine blauen Augen, bemerkte wieder die wunderschönen Farben- und Formenmuster seiner sich leicht bewegenden Flügel und sah sein freundliches, beruhigendes Lächeln.

„So ist das nun mal!" hallten seine Worte in mir nach. Dann wachte ich auf!

FALLEN

VOM HIMMEL AUF DIE ERDE
SPÜREN, WO ICH STEHE
WO ICH BIN
INMITTEN DER ANDEREN
UND DOCH AUCH ALLEIN
TRÄUMEND
IM HIER UND JETZT !

UND IN MIR DA IST ETWAS
GANZ TIEF
IST ETWAS
ES SCHAUT ZU
EINFACH NUR ZU
UND LÄCHELT.

EIN AUGENBLICK

ICH HALTE IHN FEST FÜR EINE WEILE
ER ZIEHT VORÜBER
ETWAS BLEIBT
EIN SCHATZ
IN DIR MEIN HERZ
BILDER, MOMENTE, LEISE WORTE
BERÜHRUNGEN
EIN GEFÜHL
FLÜCHTIGE MOMENTE NUR
SCHREIBEN DIE GESCHICHTE MEINES LEBENS
GETRÄUMTES SEHNEN

DER TAG KOMMT
DIE NACHT WILL BLEIBEN
UND WIEDER STEIGT DIE SONNE AUF
EIN NEUER TAG
EIN NEUER TRAUM.

n den weiten der Meere, in den Tiefen der Ozeane, hat das Leben seinen Ursprung genommen. Dort ist die Wiege allen Lebens, so wie wir es kennen.

Vielleicht fühlen sich aus diesem Grunde so viele Menschen zum Wasser, zum Meer hingezogen und nicht wenige haben den Wunsch, auf das weite Meer hinauszufahren, manchmal ohne zu wissen wohin, aber mit der tiefen Gewissheit, dass sie ankommen werden, irgendwann und irgendwo ankommen werden. Seit längerer Zeit versuche ich mir vorzustellen, wie das ist, so ganz allein dort draußen auf dem Meer, wo keine Küste näher ist als 1000 Meilen und keine Schiffartrute die Stille und Einmaligkeit stört. Selbst die Zeit hat sich verändert, scheint langsamer zu gehen und manchmal stillzustehen. Dort auf dem Meer bin nur ich mit meinem kleinen Segelschiff, über mir der Himmel, die Sonne scheint herab und auf den Wellen tanzen kleine Schaumkronen. Unter mir eine Tiefe, dir mir vorzustellen schwer fällt und meine Mitmenschen, diese Milliarden von Menschen, sind weit weg, und mit ihnen alles was Schön und Gut ist aber auch alles Hässliche und Zerstörerische.

Ich hätte dann meine Zeit, Zeit für mich auf dem weiten Meer, Zeit, mich in der Einsamkeit und Verlorenheit dann irgendwann mit der Unendlichkeit und allem was existiert zu verbinden, für einen Augenblick, der hoffentlich nicht aufhört. Ich hätte alles hinter mir gelassen, die Gegenwart wäre fließend und spürbar, nichts würde die selige Weite stören, nicht einmal ich selbst.

Die kleine Welle

Weit draußen auf dem Meer, dort, wo keine Schiffe kreuzen, nur die Wesen der Meere hin und wieder auftauchen und aus den Fluten steigen, dort schwamm eine kleine Welle. Schon ewig war sie unterwegs und hatte unendlich viel gesehen und erlebt. Viel mehr als ein Mensch in hundert Leben je sehen und erleben kann. Seit unendlich langer Zeit ließ sie sich vom Wind und von den Strömungen dahintreiben. Tag und Nacht! Obwohl alle anderen Wellen um sie herum meist größer waren und schöner anzusehen, war sie zufrieden, so wie sie war. Manchmal, wenn sie sich besonders alleine fühlte zwischen all den anderen Wellen, lauschte sie unter sich in die Tiefe des Meeres. Sonderbares vernahm sie dort: Glucksende Geräusche, helles Quicken und Jauchzen, Grummeln, Blubbern, Zischen und Fauchen, tiefe dunkle Töne, feine helle Töne und manchmal auch einfach nur tiefe, tiefe Stille und Ruhe. Das Meer unter ihr klang oft wie Musik, wie ein Orchester des Meeres. Diese Musik hörte sich anders an, als die, die sie auf einigen der vorbeifahrenden Schiffe vernommen hatte – ganz anders. Die Wesen der Tiefe selbst spielten ihre Instrumente, lachten und sangen zu einem unsichtbaren Taktstock und der Geist der Tiefe summte dabei leise mit. Und wie zufällig ertönte dann von Zeit zu Zeit das wundersamste Orchester, das man sich nur vorstellen kann. In solchen Momenten war sie unendlich glücklich, so glücklich, dass sie sich wünschte, es würde niemals aufhören. Doch das tat es.

Die kleine Welle sprach nicht. Sie sprach nie! Irgendwann hatte sie aufgehört zu sprechen, zu reden und zu erzählen. Wozu auch? Da war ja niemand, der ihr zuhörte und somit auch niemand, der antwortete. Also schwieg sie, weil, ja, weil nur mit sich selbst reden auf

17

die Dauer ganz schön langweilig und eintönig ist. „So ist es wohl besser", meinte sie auch heute, als vor ihr ein riesiger Wal auftauchte und mit Getöse wieder im Meer verschwand. Von weitem hatte sie ihn bereits gehört und an seiner Singsang Stimme erkannt. Das war die Sprache der ehemaligen Landbewohner, wie sie sie nannte. Vor sehr langer Zeit hatte sie beobachtet, wie diese Landtiere langsam zu einer Art Fisch wurden. Jetzt waren sie wieder Fische oder sahen zumindest so aus. Aus diesem Grunde kannte sie ihre Sprache gut. Leider verstand sie nicht immer, was diese braven Riesen der Meere immer so untereinander erzählten. Vielleicht hörte sie einfach nicht gut genug zu. Es war auch nicht wichtig. Niemand interessierte sich dafür, was sie meinte und dachte, geschweige denn, was sie fühlte. Also hörte sie einfach nicht mehr hin. Leider auch schon seit sehr langer Zeit! „Tja, wenn man aufhört zu reden, wird man wohl dumm", hatte sie einmal weise festgestellt. Was natürlich nicht immer und auf jeden zutrifft.

So ging es nun schon seit Millionen von Jahren und nichts deutete darauf hin, dass sich noch einmal etwas ändern würde. Doch an diesem Tag war etwas anders, anders als die letzten paar hundert oder paar tausend Jahre zuvor. Es war mehr eine Art Ahnung oder sechster Sinn, denn den hatte sie sich über all die Zeit bewahrt. Eine Vorahnung von etwas Dramatischem oder Ungewöhnlichem, das bald geschehen sollte. Immer öfter schaute sie sich um. Schaute nach links, nach rechts und hinter sich. Auch nach oben zum Himmel schaute sie und zuletzt in die Tiefe unter sich. Doch es war wie immer. Der Wind kräuselte leicht ihre Stirn, eine große Welle drückte sie mal wieder zur Seite und eine andere versuchte sie zu überrollen. Aus der Tiefe war auch heute das wundersame Orchester des Ozeans zu hören und von irgendwo schrie eine Möwe, die sie aber nicht sehen konnte. Wahrscheinlich schwamm sie in einem Wellental. „War bestimmt ein Albatros", kam es ihr in den Sinn. Andere Seevögel verirrten sich seltener so weit mitten aufs Meer. Je länger sie suchte und wartete, desto unsinniger erschien ihr diese Vorahnung. „Meine Güte!" dachte sie, „Was soll schon Großartiges passieren?" Und so schlummerten nach und nach, ihre gerade erwachten Sinne wieder ein, ganz langsam nur, aber stetig, bis sie schließlich fast wieder innerlich so still und verträumt dahintrieb, wie all die Zeit davor. Plötzlich, sie war gerade in einer Art Halbschlaf, krachte etwas auf ihren Kopf. Platsch! Machte es.

„Au!" rief die kleine Welle völlig erschrocken. „Was hat mich da gestoßen?"

„Ich", antwortete eine ganz feine Stimme. „Entschuldigung! Tut mir wirklich leid!" hörte sie die feine Stimme weiter sagen.

Die kleine Welle versuchte festzustellen, was ihr da auf den Kopf gestoßen oder gefallen war und offensichtlich noch dort saß. Sie konnte dies aber nicht feststellen.

„Wer bist du?" fragte sie „und woher kommst du?" wollte sie wissen.

„Von oben komm ich!" und nach einer Weile. „Dort aus der weißen Wolke bin ich gefallen! Ja, siehst du sie? Die da hinten!" Die feine Stimme schwieg und die kleine Welle schwieg auch. Krampfhaft suchte sie nach Worten und nach der weißen Wolke. Aber nach einer so langen Zeit des Schweigens und nicht Sprechens ist es sehr schwierig die richtigen Worte zu finden und die weiße

Wolke war gerade hinter einer großen Welle verschwunden.

„Äh – mm, ja - ... Meine Güte!" rief sie dann. „Kannst du nicht aufpassen?!"

„Wollt ich doch nicht", meinte die feine Stimme kleinlaut. „Echt, wollte ich ehrlich nicht. Lieber wäre ich oben geblieben. Das war soooo schön, sag ich dir. Viel schöner als hier unten auf deinem Rücken!"

Die feine Stimme war wohl vom Kopf der kleinen Welle auf ihren Rücken gerutscht. Das war auch kein Wunder. Es war windiger geworden und die kleine Welle schaukelte unruhig hin und her, hinauf und hinunter.

„Ach, egal", besann sich die kleine Welle, „jetzt bist du hier". Und nach einer Weile, „Was ist denn so schön da oben?"

„Alles!" rief die feine Stimme ganz entzückt und leuchtete von einem Sonnenstrahl getroffen plötzlich wie ein Diamant auf. Da die kleine Welle sich gerade umgedreht hatte, sah sie das Aufleuchten und bemerkte auf dem Rücken einen dicken und dennoch kleinen Regentropfen.

„Ach, du meine Güte!" entfuhr es ihr. „Du bist aber ein ganz niedlicher, kleiner Kerl!"

„Ich bin doch kein Kerl!" ärgerte sich der Regentropfen mit seiner feinen Stimme. „Ich bin ein toller Typ!"

„Eingebildet bist du wohl auch, nicht wahr?" lachte die kleine Welle. „Was heißt das – alles?" wollte sie immer noch wissen.

„Na ja. Eben alles. Der Wind, der dich über das Land, die Berge und die Meere trägt. Die warme Sonne, ganz weit weg und doch so nah. Die Schwerelosigkeit. Die andern um mich herum, die ganzen Farben der Erde und die Lichter überall; sogar in der Nacht!"

Dem Regentropfen war die Luft ausgegangen. Er atmete wieder tief ein, so als wollte er weiterreden.

„Hier ist es aber auch schön", meinte die kleine Welle kurz angebunden. „Hier ist Musik, die vielen Wesen des Wassers, die Vögel und nicht zu vergessen die Menschen mit ihren Booten!"

„Aber du siehst nur den Himmel, die anderen Wellen und manchmal die Wesen aus dem Meer", meinte der Regentropfen.

„Das Meer ist aber unendlich tief. So tief, dass du nicht sehen kannst, wo es endet!" rief die kleine Welle.

„Der Himmel ist noch viel tiefer. Du schaust hinein und du siehst das Ende nicht. Das Meer ist nur dunkel und wird immer dunkler, je tiefer du hineinschaust", monierte der Regentropfen und erklärte: „Das kann ich doch sehen. Ist wahrscheinlich ziemlich langweilig auf die Dauer!"

„Von wegen langweilig", wollte die kleine Welle erwidern, schwieg aber lieber.

„Langweilig, langweilig", meinte der Regentropfen noch einmal laut und etwas provozierend.

„Ja, aber nur, wenn du keinen hast, mit dem du reden kannst. Und dann die Zeit. Irgendwann ist die Ewigkeit einfach zu lang!" Jetzt hörte sich die kleine Welle sehr bedrückt an und ein wenig traurig.

„Das Meer singt", meinte sie dann. „Es singt immer, Tag und Nacht".

„Oben am Himmel ist es meist sehr still, nur der Wind ist manchmal zu hören, und die Menschen natürlich. Die sind fast immer laut. Und natürlich die Flugzeuge. Unglaublich laut, sag ich dir".

„Ja, die Menschen sind auch laut mit ihren neuen Schiffen. Das war mal anders, als sie noch keine Motoren hatten, nur die weißen Segel".

Beide schwiegen. Jeder dachte über das nach, was der andere und er selbst gerade gesagt hatten.

„Ich bin echt sauer", meinte der Regentropfen nach einer Weile. „Es war so schön da oben am Himmel!"

„Hör doch auf zu jammern!" Jetzt bist du hier und ich freue mich langsam, dass ich endlich mal mit jemanden reden kann!" Die kleine Welle meinte es wirklich so. Sie war tatsächlich sehr froh und erinnerte sich jetzt grad, dass sie geahnt hatte, dass heute etwas besonders passieren würde.

„Du hast gut reden", meinte der Regentropfen. „Wenn du auf einmal in den Himmel fallen würdest, wäre dir bestimmt auch nicht anders zumute".

„In den Himmel fallen?", fragte die kleinen Welle. „Wie soll das denn gehen?"

Habe ich mal von einem Kumpel gehört", antwortete der Regentropfen. Er hat mir davon erzählt und ich glaube ihm, dass wir einmal aus einem Meer oder See raufgefallen wären in den Himmel".

„Ach", meinte die kleine Welle verblüfft, „Und dann wieder runter; rauf und runter? Dann seid ihr auch von hier unten, wo ich zu Hause bin?"

„Ja, rauf und runter und immer wieder von Neuem. Echt aufregend, sage ich dir. Aber an das Rauf kann ich mich nie erinnern, nur immer an das Runter". Der Regentropfen schwieg gerade, weil er sich zu erinnern versuchte. Aber es gelang ihm nicht und er gab ganz schnell wieder auf.

„Und wenn schon. Da oben war es doch so schön!" jammerte er jetzt regelrecht.

„Hör auf!" sagte die kleine Welle laut, „das ist ja erbärmlich, dein Gejammer!

„Ich hatte echt viel Spaß da oben mit meinen Kumpels", meinte der Regentropfen, so als hätte die kleine Welle gerade gar nichts gesagt.

„Warum bist du dann nicht da oben geblieben"? Wollte die kleine Welle wissen. „Wenn es doch soooo schön da ist?"

„Darauf haben wir keinen Einfluss", plapperte der Regentropfen. „Wenn deine Zeit gekommen ist, dann fällst du nach unten. Ganz egal, was da unten gerade ist".

Die ganze Zeit hatte der Regentropfen weiter auf dem Rücken der kleinen Welle gesessen. Er hatte einen Platz gefunden, an dem er sich gut halten konnte und hatte vor, so lange wie möglich dort zu bleiben. Irgendwie gefiel die kleine Welle ihm. Seine Kumpel oben in der Wolke waren zwar lustiger, aber die Welle war dafür weicher. So weich, wie ein Schmusekissen.

„Mal was anderes", dachte er – „und sie schaukelt so lustig hin und her". Dann sagte er: „Wenn ich mich doch erinnern könnte, was war, bevor ich in den Himmel gefallen bin".

„Sag mir lieber, wie ich mal da oben hinkomme; möchte schon gerne wissen, was da so wunderschön ist – da oben?" plätscherte die kleine Welle vor sich hin, so als spräche sie mehr zu sich selbst als zu dem Regentropfen.

„Ach. Du bist viel zu groß!" meinte der Regentropfen. „Du musst dich wohl in Luft auflösen, sonst geht das nicht!" Dabei hüpfte er ein paar Mal auf ihren Rücken auf und ab und wäre beinahe runtergefallen.

„Spinn nicht herum", entgegnete die kleine Welle sofort und wunderte sich, dass sie noch so gut sprechen konnte und sie sich fast wieder an alle Worte, die sie jemals gelernt und gesprochen hatte, erinnerte.

„Wie soll ich mich in Luft auflösen und selbst wenn, dann bin ich noch lange nicht in der Wolke".

„Vielleicht bist du dann eine Wolke, ich meine, so etwas gehört zu haben", hörte sie den Regentropfen schnell sagen.

„Und das soll reichen?" antwortete sie. „Das wäre aber sehr einfach. Frage mich, warum ich eine Ewigkeit hier unten rumtreibe...".

„Keine Ahnung warum", sprach der Regentropfen und schüttelte sich. „Dich hat wohl was ganz gewaltig hier unten festgehalten, könnte ich mir denken".

„Und was, du kleiner Quasselkopf?" meinte sie erstaunt.

„Vielleicht hängst du ja zu sehr an deiner schönen Wellenform", war die prompte Antwort. „Vielleicht bist du ja nicht bereit, dich aufzulösen, so wie ich und alle anderen".

„Du und alle anderen habt euch auch in Luft aufgelöst, um in den Himmel zu fallen?" fragte sie jetzt sehr verwundert.

„Ja. Ich denke schon. Wie soll das sonst gehen?"

„Ich muss also nur bereit sein, mich in Luft aufzulösen? Also – sterbe ich dann nicht irgendwie?" entfuhr es ihr jetzt ein wenig ängstlich. „Warum löst du dich dann nicht in meine Welle auf, wie alle Regentropfen?" fragte sie ihn herausfordernd, froh eine gute Antwort gefunden zu haben.

„Das frage ich mich auch die ganze Zeit. Ich bin wohl so eine Art Bote für dich, könnte ich mir vorstellen".

„Bote?" fragte sie und dehnte das Wort als höre sie es zum ersten Mal.

Beide schwiegen. Es war sehr, sehr schwer zu verstehen, warum auf einmal alles anders war oder eigentlich anders sein sollte. Die kleine Welle fragte sich, ob sie wirklich zu viel Angst davor hatte, sich einfach aufzulösen. Warum ist sie nie zu einer großen Welle geworden oder einfach in der Tiefe des Meeres versunken? Der Regentropfen fragte sich, was das ganze überhaupt sollte und warum er nicht – platsch - ganz schnell in der kleinen Welle verschwunden war, wie das seit ewigen Zeiten geschieht. Er bekam Angst, dass er wie die kleine Welle für immer hier unten auf einer solchen Welle herumreiten sollte, anstatt mit dem Meer eins zu werden, um dann irgendwann wieder als ein feuchter Hauch in den Himmel zu fallen, um sich mit seinen Wolkenbrüdern zu sammeln, zusammenzutun und über die Erde zu schweben. Es ist immer schwer zu verstehen und zu akzeptieren, wenn die Dinge anders sind, als man es sich wünscht.

„Was fehlt uns nur?" fragte der Regentropfen. „Was habe ich verkehrt gemacht?" Er war traurig und versuchte, sich vom Rücken der kleinen Welle in das weite Meer zu stürzen, denn so hätte es ohnehin geschehen sollen. Aber es ging nicht. Irgendwie hing er fest.

„Ich habe eine Idee, lieber Regentropfen", sagte da die kleine Welle. „Wir wünschen uns vom Geist des Meeres, dass er uns hilft. So was habe ich mal gehört, dass ein Delfin das getan hat".

„Nein. Wenn, dann sollten wir den Geist des Himmels bitten, uns zu helfen", war die Antwort vom Regentropfen.

„Warum nicht beide, dann sind wir auf der sicheren Seite?" Die Welle war jetzt ganz aufgeregt. Die Vorstellung, mal etwas anders zu erleben, als immer als Welle von einem Ende des Meeres zum anderen Ende des Meeres getrieben zu werden, hatte wie ein Zauber von ihr Besitz ergriffen; und die Vorstellung ließ sie innerlich erzittern.

„Ist Geist nicht gleich Geist?" fragte der Regentropfen vorsichtig und etwas verwirrt". „Kann sein", meinte die kleine Welle, „kann sein".

„Und wie sollen wir den Geist dann nennen, in welche Richtung sollen wir unsere Bitte schicken?" fragte der Regentropfen weiter.

„In alle Richtungen denke ich; Norden, Süden, Osten und Westen, in die Tiefe des Meeres und in den Himmel!"

„Ja. Das finde ich gut", nickte der Regentropfen beruhigt. „Und wie nennen wir ihn nun?"

„Na ja. Osten oder Westen? Norden oder Süden? Meer-geist oder Himmelgeist?"

Lange, sehr lange überlegten beide ganz angestrengt.

„Die Menschen haben einen Geist, den nennen sie Gott, glaube ich", erklärte der Regentropfen nach einer Weile und er musste es wissen, war er doch über alle Meere, Länder und Berge gezogen, oben am Himmel.

„Hat er den Menschen geholfen?" fragte die kleine Welle laut.

„Manchen", meinte der Regentropfen. „Den meisten aber nicht. Ich habe sehr viele ganz arme Menschen ge-sehen und dauernd haben die Krieg irgendwo, machen viel Lärm und Gestank. Ne, so einen Gott finde ich nicht gut".

„Ich hab's", meinte die kleine Welle. „Wir nennen ihn einfach Raum!"

„Raum?" fragte der Regentropfen. „Wieso Raum?"

„Na, weil das Meer unendlich tief und unendlich weit ist und der Himmel noch weiter und noch tiefer. Und nir-gendwo ist ein Ende sichtbar. Das ist eine Menge Raum, finde ich! Der Raum ist nur weit und endlos – sonst nichts, nichts Erkennbares". Die kleine Welle überschlug sich beinahe vor Freude, so erleichtert war sie über ih-ren Einfall. Der Regentropfen starrte sie erst etwas ver-wundert an, stimmte dann aber zu, wenn auch nicht ganz so begeistert.

„Hast vielleicht recht", meinte er großzügig. „Was soll der Raum auch schon sein außer Raum und doch, wer weiß, vielleicht ist er mehr als alles andere. Vielleicht ist er sogar alles andere!"

„Sehr weise", meinte die kleine Welle. „Dann lass uns den Raum bitten, dass er uns befreit. OK?"

So geschah es. Die kleine Welle und der Regentropfen schauten in den tiefen Ozean, dann in die Weite des Himmels und beteten. Und es dauerte nicht lange, da wurden sie befreit, wurden innerlich so frei und weit wie der Himmel, wurden so tief und geheimnisvoll, wie das Meer. Seitdem sind sie eins mit dem Raum und mit Allem und über alle Grenzen hinweg. Ja, alle Grenzen waren verschwunden. Und nirgendwo in der weiten Welt gibt es zwei, die glücklicher sind, als die kleine Welle und der Regentropfen!

Oder etwa doch?

SOMMERTAG

FEDERWÖLKCHEN ZIEHEN VORÜBER
DIE WEITE DES BLAUEN
LEUCHTENDEN RAUMES ÜBER MIR
SÜSS RIECHT DER PARK
GRÜNER RASEN
HOHE BÄUME
AUSLADENDE ÄSTE BERÜHREN DIE ERDE
EIN BLATT SCHAUT MICH AN
SPRICHT ZU MIR
ICH LAUSCHE

DURCH DAS BLÄTTERWERK
EIN RAUNEN
DER GESANG EINER DROSSEL
HALLO! SAGT DAS BLATT
EIN LUFTHAUCH BEWEGT ES SANFT
DANN WIEDER STILLE
ICH ATME EIN, ATME AUS
DIE BÄUME ATMEN
DIE WELT ATMET
ES ATMET MICH

WAS FÜR EIN TAG!

*M*eine Mutter hat mich gelehrt zu beten. Bevor ich richtig sprechen konnte, habe ich das Wort GOTT gehört und dass es gut ist, zu Gott zu beten. Mein erste Gebet war: „Lieber Gott mach mich fromm, dass ich in den Himmel komm!" Bis zu meinem 14. Lebensjahr habe ich fast zwanghaft jeden Abend gebetet und schlecht geschlafen, wenn ich es einmal versäumt hatte. Ich war fünf Jahre alt, als ich getauft wurde, zusammen mit meinen beiden jüngeren Brüdern. Ich kann mich daran gut erinnern, meine Brüder nicht. Als ich 14 Jahre alt war, begann mein Geist kritischer auf das zu schauen, was die Erwachsenenwelt mir versuchte zu vermitteln, oder bereits vermittelt hatte. Ich stellte mir hin und wieder und immer dann immer öfter die Frage „Wer oder was ist Gott?" „Gibt es Gott überhaupt?" „Ist Gott ein strafenden Gott?", „Ist Gott ein liebender Gott und wenn ja, warum ist dann diese Welt so wie sie ist, warum die Menschen manchmal so grausam und bösartig, rücksichtslos und zerstörerisch?" „Warum müssen wir leiden?" „Warum werden wir geboren und müssen wieder sterben?" „Warum, warum, warum?" Und dann sprach ich offen darüber, teilte meine kritisch zweifelnden Gedanken auch meiner Mutter mit, eine sehr gläubige, gottesfürchtige Frau, für die Gott eine Tatsache war und über jeden Zweifel erhaben. Die Fragen in meiner Jugend veränderten sich auch nicht als ich älter wurde. Ich stellte weiter Fragen und suchte weiter nach Antworten. Manchmal fand ich Antworten auf meine Fragen, manchmal nicht, ich verwarf sie wieder und begann von vorn. Worüber ich heute froh bin, ist, dass ich nie aufgehört habe zu fragen, auch dann nicht, wenn ich gute oder sogar sehr gute Antworten gefunden hatte, die mich eine Zeit lang beruhigten und ein gutes Gefühl vermittelten. Die Antworten behielten eine Weile eine gewisse Frische, begeisterten mich manchmal und gaben mir ein gutes Gefühl. Sie ließen mich dann für einen Moment zur Ruhe kommen.

Sophie und der liebe Gott

Sophie ist fünf Jahre alt. Sie liebt ihre Eltern – wie alle Kinder. Sophies Mutter arbeitet halbtags, der Vater immer. Sophie macht sich viele Gedanken; ungewöhnlich für eine Sechsjährige, meint Sophies Mutter. Sie ist eine Neunmalkluge, sagt der Vater.

Wie alle Kinder stellt Sophie viele Fragen – sehr viele Fragen. Und sie fragt nicht nur warum.

Gerade ist Sophie aus dem Kindergarten zurück. Mutter hat sie natürlich abgeholt. Jetzt steht sie am Herd. Sophie sitzt am Küchentisch und schaut scheinbar nachdenklich zu. So ist sie nun mal.

„War es schön heute?" Fragt Mutter.

„Wir haben über Gott gesprochen", antwortet Sophie.

„Über Gott?"

„Ja, über Gott!"

„Und was habt ihr über Gott gesprochen?"

Sophie antwortet nicht. Die Mutter dreht sich um und schaut sie fragend an.

„Mutti – ist Gott ein Mann?"

„Nein", meint ihre Mutter.

„Eine Frau?"

„Auch keine Frau!"

Die Mutter rührt im Topf und schaut dabei aus dem Fenster zum Himmel.

„Dann ist er ein Kind?" Sophie lächelt stolz.

„Auch kein Kind, mein Kind", schmunzelte die Mutter.

„Mutter?"

„Ja?"

„Ist er ein Geist?"

„Ja", antwortet die Mutter langsam, „das kann man sagen." Sie lächelt.

„Aber Gott hat doch die Erde gemacht und alles andere, hat Frau Ruth gesagt. Dann muss er doch ein Mann sein, oder?"

„Ich glaube, Gott ist eine Idee", meint die Mutter, jetzt selbst nachdenklich.

„Und ein Geist!" Sophie sitzt nun ganz gerade, die Arme vor sich auf dem Tisch und die Hände gefaltet.

Sophies Mutter geht zum Schrank, nimmt zwei Teller und stellt sie auf den Tisch. Sie beugt sich über ihr Kind und küsst es auf die Stirn. „Gott ist überall und kein Geist, mein Kind."

„Überall? Aber wie kann er überall sein? Das geht doch gar nicht!" Sophie schüttelt den Kopf.

„Das ist das besondere, das er überall ist", meint die Mutter.

„Auch im Weltraum?"

„Auch da, Sophie. Auch da."

„Gott kann nicht überall sein und eine Idee ist in meinem Kopf, Mutter. Wenn Gott überall ist, dann ist er Luft!" Sophie war jetzt etwas ungeduldig, vielleicht so gar ein wenig genervt.

„Nein Sophie mein Schatz. Im Weltraum ist doch keine Luft, nur hier auf der Erde."

Die Mutter nimmt den Topf vom Herd und füllt die Teller mit der heißen Suppe. Sophie nimmt den Löffel. Sie hat die Stirn in angestrengte Falten und fragt. „Mutter?"

„Ja, mein Kind?!"

„Ich glaube Gott gibt es gar nicht. Da ist nicht mal Luft, nur Raum. Wo soll Gott da sein? Nein. Gott gibt es nicht, nur in unseren Köpfen."

„Ja, mein Kind. Vielleicht hast Du ja Recht. Da ist nur Raum und der ist unendlich. Wo soll Gott da wohl sein? Aber vielleicht ist Gott und der unendliche Raum ja gar nicht verschieden oder was anderes." Sophies Mutter lächelt und schaut aus dem Fenster während sie spricht. Dann schaut sie wieder zu ihre Tochter.

„Iss jetzt mein Kind".

Durch eine große Wolkenlücke bricht das Licht der Sonne. Das Licht verteilt sich in der Küche und spiegelt sich in Sophies Augen.

Sie strahlen wie Diamanten.

NOVEMBER

DIE WOLKENFLÜSSE DES HIMMELS
ZWIELICHT
FEUCHTE LUFT
SCHWERE LIEGT ÜBER ALLEM
AUCH AUF MICH

DER WUNSCH
SICH IM DUNST AUFZULÖSEN
IM BODEN ZU VERSICKERN
ZU SCHLAFEN
IN DIESER ZEIT
IN DER LANGEN NACHT DES SCHWEIGENS
DER DUNKELHEIT
IN MIR
UM MICH HERUM

UND DOCH
DAS LEBEN SCHWEIGT NICHT
SO SCHWACH DER PULS AUCH IST
DAS HERZ
ES SCHLÄGT
NOCH

ICH SCHAUE NACH OBEN
SILBERNES MATTES LICHT
DIE FLÜSSE AM HIMMEL
IN MIR
DAS LEBEN FLIESST
ICH SPÜRE ES
IN MIR....!

ch habe Menschen kennen gelernt, die sich an ihren Vater nicht erinnern konnten, oder die ihren Vater in keiner guten Erinnerung hatten. Für manche war der Vater nur ein flüchtiger Gast, der hin und wieder vorbeischaute, still irgendwo in der Ecke saß oder irgendwo im Haus oder im Garten werkelte und der dann wieder verschwand. Ich habe Menschen kennen gelernt, die anfingen zu zittern, wenn sie von ihrem Vater sprachen, wobei nicht immer klar war, ob sie aus Angst zitterten oder vor Wut. Andere wieder hatten sofort Tränen in den Augen, wenn ich sie auf ihren Vater hin ansprach. Und ich habe Menschen kennen gelernt, die sprachen von ihrem Vater als den Erzeuger und dieses Wort sprachen sie mit so viel Verachtung aus, dass die Wut und der Schmerz, der sie dieses Wort sagen ließ, nicht wahrnehmbar war. Aber ich habe auch Menschen kennen gelernt, die mit Stolz in der Stimme von ihrem Vater sprachen, mit Stolz und Liebe von ihm Geschichten erzählten, Geschichten aus ihrer Kindheit und den späteren Jahren. Ich selbst fühle diesen Stolz und dieser Liebe, wenn ich mich an meinem Vater erinnere, der gestorben ist, als ich gerade etwas über 20 Jahre alt war. Und ich spüre dann ein Bedauern, ein Bedauern darüber, dass er nicht mehr erlebt hat, wie sein ältester Sohn sich verändert und sein Leben neu gestaltet hat. Wie oft und wie sehr habe ich mir immer wieder mal gewünscht in den vergangenen Jahren, dass mein Vater da wäre, dass ich mit ihm sprechen könnte und dass ich hören und erleben könnte, was er denkt und meint. Natürlich liebe ich meine Mutter nicht weniger, aber der Vater ist nun mal der Vater und für den Sohn etwas ganz besonderes.

Sinngewitter

„Warum leben wir?" fragte der Junge seinen Vater. Die beiden saßen in einem Boot auf einem See und hielten ihre Angelruten in der Hand; der Junge eine kurze und der Vater eine längere.

Es war ein sonniger, warmer Tag, mit leuchtend weißen Wolken an einem azurblauen Himmel. Über das blaugrüne glasklare Wasser segelten Schwalben im schneidigen Jagd Flug, dicht über kleine weiche Wellenberge dahin. Ein kühler Wind zeichnete hier und da winzige Muster auf die Oberfläche des Wassers und vervollständigte die friedliche Idylle weit entfernt von der Großstadt. Ebenso friedlich saßen Vater und Sohn in dem Holzboot und blickten auf ihre Angelruten. Das leise Plätschern der Wellen am Boot war sanft und warm und es ließ die Welt ringsherum friedlich erscheinen. Das Ufer war weit, sehr weit entfernt, und beide hatten das Gefühl, dass sie ganz alleine auf der Welt waren; nur sie, der Himmel und die Sonne – ja, und die Fische irgendwo da unten im See.

Der Vater schien die Frage seines Sohnes nicht gehört zu haben; er reagierte zumindest nicht.

„Papa?" fragte jetzt der etwa zwölfjährige Junge energisch.

„Ja, mein Sohn? Warum wir leben?" wiederholte der Vater die Frage etwas müde. Er hatte seinen Sohn also doch gehört.

„Damit wir angeln können, hier auf dem See?" entgegnete er, meinte, die Frage damit ausreichend beantwortet zu haben.

„Nein, Papa! Warum leben wir? Das ist eine ernsthafte Frage!" wiederholte der Junge seine Frage und schaute dabei den Vater von der Seite her an.

„Keine Ahnung. Darüber denken die Menschen wohl schon nach, seit sie überhaupt denken können, denke ich", meinte der Vater nur, und es schwang eine gewisse Ironie in seiner Stimme mit, eine Ironie, die irgendwie zu ihm zu gehören schien.

„Warum gibt es überhaupt Leben?" fragte der Junge weiter und schaute auf die Angelschnur, die sich gerade leicht bewegte.

„Warum gibt es überhaupt irgendwas?" antwortete der Vater leicht schmunzelnd über die Fragen seines Sohnes und zeigte dabei auf die Angelschnur seines Sohnes die sich weiter leicht bewegte.

„Da schaut gerade ein Fisch vorbei und überlegt, ob er den Köder will, oder nicht", meinte der Vater weiter.

„Vielleicht ist er ja schlau und knabbert ihn nur vorsichtig ab", meinte der Junge und grinste breit.

„Also", ergriff der Vater wieder das Wort, „warum es überhaupt irgendetwas gibt im Universum? Das ist meiner Meinung nach so: Vor unendlich langer Zeit, da sammelte sich alles an Ideen und alle Fantasie im Universum, in diesem unendlichen, grenzenlosen Raum, an einem einzigen Punkt, so wie schon viele Male davor. Es sammelte sich und sammelte sich immer mehr. Schließlich, als der Punkt einig mit sich war und meinte, jetzt sei wohl genug von allem da, sprang er mit einem lauten Knall auseinander. Das war der Anfang von allem!" endete der Vater mit ruhiger Stimme, und dieses Mal lächelte er nicht.

„Der Big Bang!" entgegnete der Junge. „Vater, ich glaube, du willst mich auf den Arm nehmen, oder?"

„Ganz bestimmt nicht, nein, ganz bestimmt nicht. So stelle ich mir den Anfang vor. Eine andere Erklärung habe ich nicht", endete er schulterzuckend und beobachtete die Schnur an seiner Angel, weil er meinte, der Fisch könnte wohl zu ihm herübergeschwommen sein.

„Und was ist mit Gott?" sprach der Sohn nachdenklich und sah seinen Vater an.

„Gott?" antwortete der Vater, „Ja – Gott? Muss wohl mit in dem Punkt gesteckt haben, oder er hat einfach nur zugeschaut und gebetet, dass auch wirklich alles an Ideen in dem Punkt war, bevor er auseinander geflogen ist". Der Vater war bei den letzten Worten aufgestanden und reckte sich.

„Uaahhh, dieses lange Sitzen!" gähnte er und das Boot schaukelte dabei bedenklich.

„War die Idee von uns Menschen auch in dem Punkt?" fragte der Junge und reckte sich auch, aber im Sitzen. Er mochte es, wenn es schaukelte und machte die Bewegungen ganz bewusst mit. Dann beugte er sich vor und schaute über den Rand des Bootes in das blaugrüne, klare Wasser, wohl um nach dem Fisch zu sehen, der vorhin an seinem Köder gezupft hatte. Aber da war nichts – nur blaugrüne klare Tiefe, die kein Ende zu haben schien.

„Klar. Sonst gäbe es uns doch nicht, oder?"

Der Mann hatte sich wieder hingesetzt und griff hinter sich in einen Rucksack, rührte und kramte und kam mit einer Wasserflasche in der Hand wieder zum Vorschein. Er schraubte den blauen Verschluss ab, setzte die Flasche an den Mund und trank. Im Absetzen fragte er seinen Sohn, ob er auch wolle. Der Sohn nickte nur, nahm die Flasche und trank mit langen, durstigen Zügen. Dann saßen sie wieder schweigend nebeneinander und schauten auf den See, während die weißen Wolken weiterzogen und die Schwalben ihre Kunstjagdflüge zum Uferrand hin verlegt hatten.

„Und das wir sterben müssen…?". Der Junge brach mitten im Satz ab und schaute hoch zu den weißen Wolken.

„Das ist eben so", meinte der Vater fast gleichgültig.

„Ohne Tod kein Leben, ohne Tod keinen Sinn im Leben!"

„Ich finde das aber ziemlich sinnlos", antwortete der Junge und schüttelte dabei leicht den Kopf.

„Nein, mein Sohn. Es ist genau das Gegenteil. Nur durch den Tod bekommt das Leben seinen Sinn und nur der Tod erlaubt Entwicklung über die Zeit. Weil wir sterben, weil alles Leben irgendwann endet, entsteht Platz für etwas Neues, hat das Leben die Möglichkeit, sich zu entwickeln, neue Ideen auszuprobieren".

Der Mann atmete tief durch: „Ist das nicht ein herrlicher Tag, mein Sohn?"

Dann schaute er wieder auf die Stelle, wo die Angelschnur im Wasser eingetauchte war. Der bunte Schwimmer tanzte leicht auf und ab und machte kleine Kreise aus Licht und Schatten um sich herum. Die Wolken zogen lautlos über den blauen Himmel und auf dem See versprühte die Sonne sich in lauter funkelndes und glitzerndes Licht, das auf den Wellen tanzte.

„Aber was ist mit der Liebe?" wollte der Junge weiter wissen.

„Die Liebe?" sagte der Vater und holte tief Luft.

„Wie kommst du denn auf dieses Thema?" fragte er verwundert zurück.

„Na ja. Du und Mama. Ihr habt euch doch geliebt, oder?" antwortete der Junge und ein Schatten schien sich auf sein Gesicht gelegt zu haben, während er die Frage stellte.

„Ja, sicher – und ich liebe sie noch!" antwortete der Vater nachdenklich.

„Aber sie liebt dich nicht mehr. Sie hat jetzt einen anderen. Und mich liebt sie auch nicht mehr!" klang jetzt seine Stimme belegt, so als lägen Tränen auf seinen Worten.

Der Vater hörte, was er sagte und auch den Schmerz. Er wusste nicht gleich, was er jetzt antworten sollte, denn er war selbst noch nicht fertig mit der Trennung.

„Ich weiß nicht, wie du denken kannst, dass deine Mutter dich nicht mehr liebt und ich bin ganz sicher, dass sie dich noch genauso liebt, wie eh und je!" meinte der Vater und seine Stimme klang fest und bestimmend, so als wolle er damit jede Art von Bedenken bei seinem Sohn verjagen. Dabei dachte er bei sich, dass es schon komisch sei. Eben diese Frage hatte er sich auch schon hundertmal und öfter gestellt. Eine wirklich gute Antwort hatte er für sich auch nicht gefunden.

„Und warum wollte sie nicht, dass ich mit ihr mitziehe?" fragte der Junge weiter. Jetzt klang er, als wolle er gegen den Vater in den Krieg ziehen; herausfordernd und wütend zugleich.

„Es war ihre Entscheidung!" antwortete der Vater wieder ganz ruhig. „Und wir müssen ihre Entscheidung respektieren! So schwer das auch immer sein mag und wie weh es auch tut!"

Am Himmel quollen seit einiger Zeit die Wolken immer mehr auf, waren dunkler geworden, graublau, und an den Rändern leuchtend weiß, aber anders weiß als noch vor einiger Zeit; sie hatten einen metallenen Schimmer, wie, als wenn sie aus weißem Stahl wären. Das Blau war noch blauer geworden und hatte eine ahnungsvolle Tiefe bekommen. Der Wind war frischer und der See noch mehr in Bewegung. Weit über dem Land, ganz weit hinten am Horizont, zog eine graue, blauschwarze Front auf, wie eine Wand, die jemand sachte vom Land aus in den Himmel zieht.

„Es gibt ein Gewitter", bemerkte der Vater. Er schaute seinen Sohn dabei an, als wolle er ergründen, was jetzt in ihm vor sich ging. Sehen konnte er aber nur seinen gesenkten Blick und eine tiefe Traurigkeit.

„Es ist immer schlimm, wenn jemand, der wichtig für uns ist und den wir lieben, geht – egal wer. Und noch schlimmer ist es für ein Kind, wenn die Mutter geht oder überhaupt, wenn die Eltern sich trennen. Ich kann dich verstehen", redete der Vater nun beruhigend und verständnisvoll auf seinen Sohn ein. Dabei spürte er seinen eigenen Schmerz und auch dieses brennende Gefühl der Verlassenheit.

„Ich weiß!" meinte der Junge leise.

„Das ist gut, mein Sohn. Das ist gut", sprach der Mann und war etwas erleichtert. Gleichzeitig sah er den Sarg seines Vaters vor sich. Sein Vater war mit dem Auto verunglückt als er 16 Jahre alt gewesen war und sein Tod war unbegreiflich für ihn gewesen, lange Zeit völlig unbegreiflich.

„Wir sollten die Sachen zusammenpacken und zum Ufer rudern", hörte er sich selbst zu seinem Sohn sagen.

„Hol deine Schnur ein. Wir packen zusammen. Bis zum Land brauchen wir eine halbe Stunde oder länger und wenn wir uns nicht sputen, werden wir klatschnass", redete er weiter und begann in dem Boot, das jetzt heftig hin und her schaukelte, das Angelzeug zusammenzukramen und beiseite zu packen.

Sein Sohn saß wieder still auf seinem Platz und schaute über den See. Er hatte die Schnur aufgesurrt und die Angel seinem Vater in die Hand gedrückt. Jetzt beugte er sich nach vorn und betrachtete das Wassers. Ganz unten meinte er, einen großen Fisch zu sehen. „Ein Fisch müsste man sein", dachte er. Langsam atmete er den Geruch des Wassers ein, während sich sein Blick in der Tiefe des Sees verlor. Als er sich wieder hinsetzte, hatte der Vater gerade die Ruder in die Riemen gelegt, und begann gleich darauf kräftig zu rudern. Der Wind hatte nachgelassen. Der Mann meinte, dies sei die Ruhe vor dem Sturm und nicht ungefährlich, dass sie mitten auf dem See waren und das Ufer war noch so weit weg.

„Mutter würde jetzt ordentlich schimpfen", meinte er zu seinem Sohn, „ weil ich nicht auf das Wetter geachtet habe und uns – dich in Gefahr bringe!" schnaufte er heftig ausatmend.

„Ja, und dass der Blitz uns treffen wird!" ergänzte der Sohn seinen Vater und zog seinen Mund schief.

„Das ist dann Schicksal", meinte der Vater nur und sein Atem ging wieder gleichmäßiger, aber länger und kraftvoller. Bei jedem Ruderschlag hob sich das Boot ein ganz klein wenig. Das Wasser klatschte gegen die Planken, gurgelte und zischte. Sie hinterließen eine sichtbare Spur im Wasser, das jetzt sehr ruhig war, seit der Wind den Atem angehalten hatte. Die Schwalben waren verschwunden und mit ihnen die Sonne. Über das Land und dem See hatten sich die Schatten der Wolken gelegt.

„Schicksal?" fragte der Junge und schaute zu der grauen Wand, die immer wieder von innen hell aufleuchtete, von einem leisen fernen Grollen begleitet. Er wollte weiter fragen, aber sein Vater ruderte noch heftiger, dabei ständig zur Seite schauend, wo die dunkle Wand immer näher rückte.

„Schicksal", keuchte er zwischen zwei Ruderschlägen, „ so etwas gibt es wahrscheinlich gar nicht!" wurde seine Stimme von einem lauten Grollen des Himmels verschluckt.

„Dann eben Zufall", bemerkte der Junge mit lauter Stimme.

Der Mann nickte nur, was man aber nicht sah, bei all den Bewegungen und Anstrengungen, die er machte. Dann war wieder nur das Platschen, Gurgeln und Zischen der Ruder und des Wassers zu hören.

„Dinge geschehen manchmal einfach", schnaufte der Mann während er die Ruderblätter tief in das Wasser eintauchte, um sie mit einem kräftigen Zug an die Brust zu ziehen. Sein Oberkörper ging jedes Mal weit nach hinten, lag fast waagerecht im Boot.

„Ja. Ist dann wohl nur dumm gelaufen!" war die Stimme des Jungen zu hören. Der Rest seiner Worte wurde von einer heftigen Windböe fortgerissen und dann war er da, der Sturm und mit ihm kam der Regen: Mit dicken, schweren Tropfen, klatschte er auf das Wasser, in das Boot und auf ihre Körper. Im Nu waren sie nass, während der Wind immer heftiger wurde, die Wellen immer höher und das Boot gefährlich auf und nieder und hin und her tanzte. Der Mann zeigte seine Angst nicht. Erst im letzten Jahr war bei einem ähnlichen Unwetter ein Angler auf dem See ertrunken. Seine Leiche fand man

Tage später. Die Worte seines Vaters fielen ihm ein. Kurz bevor er verunglückt war, hatten er ihm gesagt: „Junge. Erfolg ohne Risiko und Anstrengung gibt es nicht. Sei aber nicht leichtsinnig. Überlege immer, was die Folgen deines Tuns sind, bevor du etwas unternimmst!" Wie lange war das her? Eine Ewigkeit! Er hatte sich selten an die mahnenden Worte seines Vaters gehalten, war oft leichtsinnig gewesen und risikofreudig hatte er sich in jede Art neues Unterfangen gestürzt. Sollte dieser Leichtsinn jetzt seinem Sohn schaden oder ihm gar das Leben kosten? Nicht auszudenken, wenn das passieren sollte. Panik beschlich ihn bei diesem Gedanken und er begann noch kräftiger zu rudern. Sein Sohn schaute mit hellem Gesicht in den peitschenden Regen und schien die Naturgewalten zu genießen. Wellen schwabbten in das kleine Boot, immer mehr füllte es sich mit Wasser.

„Ist das nicht toll!" rief sein Sohn und lachte mit ausgestreckten Armen, so als wolle er den tief hängenden Himmel berühren.

„Toll!" rief der Mann zurück und erkannte sich in seinem Sohn wieder. So hatte auch er als Junge empfunden, oder auf jeden Fall so ähnlich. Die Lust zu leben packte ihn besonders dann, wenn die Welt anscheinend dem Ende zuwankte, wenn die Elemente tobten. „Was für ein Gefühl", dachte er und die Anstrengung des ungewohnt heftigen Ruderns ließ ihn innerlich zittern. Intensiver kann man kaum spüren, dass man lebt, dass man atmet und einen Körper hat. Eine Welle hob das Boot hoch und beinahe wäre es umgekippt. Blitze leuchteten bizarr zwischen Himmel und Erde. Sie wurden von krachendem, pfeifendem Getöse begleitet. Das Gewitter war jetzt genau über ihnen. Immer mehr Wasser stand im Boot, und das Ufer war nicht mehr auszu-machen.

„Mutter wird schön sauer auf dich sein, wenn uns gleich der Blitz trifft oder wir absaufen!" schrie jetzt der Junge gegen den Sturm und den Regen an.

„Schau lieber, ob wir auch auf das Ufer zusteuern und nicht im Kreis rudern!" keuchte der Mann laut zurück.

„Kann ich nicht sehen!" rief der Junge. Dabei drehte er den Kopf in alle Richtungen und stützte sich dann leicht auf, um sich ganz umzudrehen.

„Immer gerade aus!" rief er dann und zeigte über die Schulter des Mannes in die Richtung, wo er meinte das Ufer zu sehen.

„Das ist das Stärkste, was ich je erlebt habe, Papa!" rief der Junge laut.

„Ist es das?!" antwortete der Mann mit sich überschla-gender Stimme und kriegte kaum noch Luft, so sehr strengte er sich an.

„Ich lebe!" schrie der Junge zwischen zwei Blitzen und Furcht einflößendem Gedonner und Gekrache.

„Genau darum sind wir hier!" rief der Mann zurück.

„Warum?" fragte der Junge laut.

„Alles macht Sinn. Spürst du das?!" wollte der Vater wis-sen und nahm seine schmerzenden Arme und Hände kaum noch wahr.

„Auch, wenn wir absaufen?!" rief der Junge wieder laut und lachte.

„Alles, alles – alles macht Sinn!" schrie jetzt der Mann und rang danach wieder für einen Moment erkennbar nach Luft, keuchend und japsend.

Der Junge hatte angefangen mit den Händen Wasser aus dem Boot zu schöpfen, während sein Vater weiter wie wild ruderte, obwohl ihn die Kräfte zu verlassen schienen. Sie befanden sich jetzt mitten im Unwetter, wie verloren und um ihr Leben kämpfend. Auf dem See, der jetzt ein wilder Ozean geworden war, tanzten sie in einer kleinen Nussschale im unregelmäßigen Takt der Wellen. Dabei war es nur ein See, und das Ufer war doch gar nicht so weit weg, war doch noch in der Ferne zu sehen gewesen, bevor das Land in Dunkelheit getaucht wurde, von einer Regenflut überschüttet wurde und der Sturm das Wasser des Sees aufgewühlt hatte. Schicksal? Zufall? Dummheit? Was spielte das jetzt für eine Rolle? Und während der Mann mit nachlassenden Kräften sein Bestes gab, der Junge das über sie eingebrochene Unheil zu genießen schien und mechanisch das Wasser aus dem Boot zu schöpfen versuchte, zog die Gewitterfront langsam über sie hinweg, ohne dass der Wind und der Regen weniger wurden. Nur die Blitze und der Donner entfernten sich langsam und wirkten nicht mehr so bedrohlich.

„Da ist das Ufer!" wies der Junge mit der ausgestreckten Hand die Richtung neu. Sie waren schräg darauf zu gerudert und der Bootssteg lag auf geradem Kurs direkt vor ihnen und in greifbarer Nähe. Der Regen hatte etwas nachgelassen. Es war aber immer noch sehr windig, und die Wellen waren immer noch sehr wild und unberechenbar. Der Mann ruderte jetzt langsamer. Er war sichtlich erschöpft und konnte einfach nicht mehr schneller rudern. Der Junge versuchte weiter Wasser mit bloßen Händen aus dem Boot zu schöpfen; ohne sichtbaren Erfolg.

„Ist gut, mein Junge!" reagierte der Mann auf das Bemühen seines Sohnes.

„Saufen wir jetzt nicht mehr ab?" wollte dieser wissen und richtete sich auf, blickte den Vater ins nasse Gesicht und grinste.

„Wir sollten schon noch aufpassen", antwortete der Mann und grinste jetzt auch.

„Halte durch, Papa!" lachte der Junge und war offensichtlich erleichtert, dass sie wohl das Schlimmste überstanden hatten.

„Halt die Klappe!" lachte der Mann zurück und spürte eine Nähe zu seinem Sohn, wie kaum zuvor.

„Und jetzt erklär mir noch einmal, warum wir leben?" scherzte der Junge weiter, so als hätten sie das Ufer bereits erreicht und der See wäre wieder so ruhig wie vorher.

„Damit wir Erfahrungen machen!" meinte der Vater nur, schaute seinen Sohn an und drehte sich dann nach links, um sich zu versichern, dass da tatsächlich das rettende Ufer zu sehen war.

„Jede Art von Erfahrung?" fragte der Junge.

„Nein. Es gibt welche, die sollten wir vermeiden", war die etwas erschöpfte Antwort.

„Das war doch toll heute. Wir sind durch Feindesland und haben den Himmel besiegt", redete der Junge laut weiter, fast so, als wäre alles nur ein nettes Abenteuer und keinen Augenblick gefährlich gewesen.

„Wir haben Glück gehabt!". Der Mann schaute seinen Jungen an und lächelte stolz. Innerlich atmete er auf. Selbst wenn sie jetzt mit dem Boot noch umkippen würden, war die Gefahr nicht mehr groß. Das Ufer war so nah, dass sie trotz des bewegten Sees dorthin schwimmen konnten. Er atmete tief durch. Endlich erreichten sie den Bootssteg, legten an, vertäuten das Boot und begannen es auszuladen. Dann gingen sie mit schnellen Schritten in Richtung Parkplatz. Dort angekommen, verstauten sie alles in das Auto und stiegen ohne sich abgetrocknet zu haben in den Wagen. Beide schienen aufgelöst und – erlöst.

„Papa?"

„Ja, mein Sohn".

„Ich glaube, das Leben ist gar nicht so sinnlos", sagte er und stellte das Radio an. Der Mann lächelte, drehte am Zündschlüssel und parkte langsam den Wagen aus.

„Ich bin stolz auf dich!" sagte er mit ruhiger, warmer Stimme.

Die dunkle Wand war einem grauen Himmel gewichen, von dem steter Regen fiel. Weit hinten am Horizont, wo die dunkle Wand aufgetaucht war, leuchtete ein schmales helles Band. Das Licht der Sonne fiel in Bündeln hindurch und tauchte das Hinterland in gelblich weißes Licht.

„Ich auch auf dich", lächelte der Junge und schaute zum See zurück.

DER FLUSS

LEISE MURMELND
KÜHL
IMMER GLEICH SCHEINBAR
HAT ER SEINEN WEG GEFUNDEN
VORERST
VON BÜSCHEN UND BÄUMEN
GESÄUMT

ICH HÖRE IHM ZU
ER TRÄGT DIE STIMMEN MIT
VON MENSCHEN
DAS RAUSCHEN DES WINDES
DEN GESANG DER VÖGEL
TRÄGT BOOTE AUF SEINEM GESICHT
BIETET DEM LEBEN EINEN PLATZ
RINGSHERUM
IN SICH
BREIT UND RUHIG
SCHMAL UND RAUSCHEND

ICH HÖRE IHM ZU
ER SPRICHT MIT MIR
ICH LAUSCHE
FINDE DEINEN WEG
HÖRE ICH IHN SAGEN!

Wie oft haben mich meine Eltern vergessen, weil sie einfach nur mit sich selbst beschäftigt waren? Wie gedankenlos sie doch immer wieder einmal waren und wie wenig sie von mir wussten, von dem was in mir war, was mich bewegte oder wie verloren ich mich gerade wieder fühlte? Heute zu sagen: „Sie haben es nicht besser gewusst?" ist einfach. Aber es stimmt. Sie haben es nicht besser gewusst. Wie oft habe ich mir gewünscht, sie würden mich fragen: „Hey, mein Junge, was denkst du grad, wo bist du mit deinen Gedanken?" Aber niemand hat mich danach gefragt.

Als ich dann meine Gedanken ausgesprochen habe, einfach so, meinte meine Mutter, ich sei so Spinning wie Vater und hat nur mit dem Kopf geschüttelt. Sie hat mir leid getan und ich habe mich über sie geärgert, war enttäuscht. Doch sie war meine Mutter und hat es nicht besser gewusst. Und sie hat mich trotzdem geliebt, das weiß ich. Frag mich nicht woher. Ich weiß es einfach. Ich habe es gefühlt.

Mein Vater dagegen hat mich angesehen und es war etwas in seinem Blick, was mir Mut gemacht hat und um seine Augen waren kleine Fältchen. Mit ihnen hat er mich angelächelt. Er hat nichts gesagt. Aber seine Augen haben gesprochen und ich habe vor meinem eigenen inneren Auge dann Wörter gesehen, manchmal nur Buchstaben, lose dahinsegelnd. Sie stiegen auf in den blauen Himmel und verschwanden hinter weißen Wolken. Nein, ich werde die Augen meines Vaters nie vergessen. Sie haben mich angelächelt.

Gesagt hat er nichts. Das war auch nicht nötig!

Schwanenwind

Das Mädchen saß am Strand, ganz nah bei den schäumenden Wellen. Es schaute zu, wie das klare Meerwasser über runde, bunte Steine schwappte und dabei zischende, glucksende und klickernde Geräusche machte. Sie war ganz alleine am Strand. Niemand sonst war zu sehen. Da waren nur die Weite des Meeres und der Strand links und rechts. Nun, das stimmte nicht ganz: Ihre Eltern waren auch noch da, irgendwo zwischen den Dünen und sonnten sich seit Stunden oder länger. „Wie langweilig", dachte das Mädchen. Sie war nicht älter als 10, höchstens 11 Jahre, wirkte aber manchmal ziemlich erwachsen. Das Mädchen hatte schöne lange blonde Haare, so lang, dass man jetzt, so wie sie da saß, von hinten nur ihre Knie sehen konnte. Von Zeit zu Zeit strich sie mit einer flüchtigen Bewegung die Haare aus ihrem Gesicht über die Schulter. Dabei warf sie den Kopf mit einer leichten Drehbewegung nach hinten und schaute jedes Mal, wenn sie wieder freie Sicht hatte, auf das Meer hinaus. Fast so, als würde sie etwas Bestimmtes dort erwarten. Dann schaute sie wieder auf die bunten Steine und malte dabei ganz nebenbei Buchstaben in den Sand, der warm und weiß war. Hinter ihr, da wo die weiten hohen Dünen begannen, tauchte hin und wieder ein Kopf aus dem weißen Sand auf, sagte etwas und verschwand wieder. Das Mädchen bemerkte das aber nicht. Sie blickte auf die Steine, wischte sich von Zeit zu Zeit ihre langen blonden Haare aus dem Gesicht und schaute dann eine Weile aufs Meer hinaus. Dann wandte sie sich wieder den bunten runden Steinen zu, lauschte mit etwas schiefen Kopf auf die Geräusche, die das Meer machte, wenn es über die Steine rollte und malte dabei mit einem Finger Buchstaben in den weißen Sand. So bewegte sich die Zeit weiter, unbemerkt, unmerklich und unwiderruflich. Ebenso bewegte sich die Sonne weiter und immer weiter, ganz geräuschlos, auf den fernen Horizont am Ende des Meeres zu, genau dort hin, wo der Himmel das Meer berührt und eine feine gerade Linie gezogen hat. Oben, hoch am Himmel, segelten einige Möwen, kreisten eine Weile und segelten weiter. Ein ganz feiner Wind strich durch das Haar des Mädchens und bewegte zwei, drei blonde Strähnen. Das war alles.

Ja, manchmal ist das Leben ganz ruhig und behaglich. Der Alltag ist weit weg, keine Hektik, kein Lärm und vor allem keine Schule. Sogar die Eltern lassen dich dann in Ruhe, sonnen und faulenzen, als hätten sie alle Zeit der Welt – und keine Tochter, die am Strand sitzt und Buchstaben in den Sand malt. Aber was soll's? So kann das Leben auch sein. Still! Hinter dem Mädchen tauchte wieder ein Kopf auf. Dieses Mal von einem Mann. Er schaute etwas länger zu dem blonden Mädchen, dann sagte er etwas zu dem Sand neben sich und nickte dabei ein paar Mal auf und ab. Schließlich kamen noch Schultern dazu und immer mehr von einem Mann, bis er aufrecht da stand und an seiner roten Badehose zupfte. Jetzt machte er Schritte auf das Mädchen zu, erst noch langsam und etwas steif, dann ganz locker und zügig. Als er das Mädchen erreichte, drehte es den Kopf, schaute hoch und sagte:

„Ach du bist es, Papa"! „ Hast du ausgeschlafen?"

„Ja, Isabell", antwortete der Vater mit ruhiger Stimme, „habe ich!" „Und du?" „Was machst du eigentlich hier"?

„Ich?" antwortete Isabell nachdenklich, „Weiß nicht. Ich male Buchstaben in den Sand".

„Buchstaben?" fragte er, „einfach nur Buchstaben oder auch Wörter?"

„Wörter auch, glaube ich", meinte Isabell leise, weil sie ihren Vater gut kannte und wusste, dass er jetzt wieder viele Fragen stellen würde, warum auch immer.

„Anstrengend können Väter sein", dachte sie bei sich.

„Was für Worte?" fragte ihr Vater.

„Na ja. Eigentlich weiß ich das jetzt nicht mehr", gab sie zu.

„Meine kleine Träumerin bist du", meinte der Vater lächelnd und Isabell dachte, „eigentlich sind Väter doch nicht so übel!"

„Einmal", sagte sie nach einer ganz langen Pause, „einmal habe ich Schwanenwind geschrieben".

„Schwanenwind?" fragte ihr Vater, „wie kommst du auf Schwanenwind?"

„Wie?" fragte sie zurück und horchte in sich hinein, „ja wie?" fragte sie sich selbst laut. „ Meine Hand hat es einfach so daher geschrieben. Es kam aus meinem Geist, glaube ich".

„Soso, aus deinem Geist also", meinte Isabells Vater lächelnd und überrascht zugleich.

„Du bist schon meine ganz besondere Tochter – ja, das bist du".

Isabells Vater schaute jetzt auch aufs Meer hinaus. Er schaute dabei sehr nachdenklich und lächelte.

„Was ist denn dein Geist?", wollte er schließlich wissen und drehte dabei den Kopf zu Isabell, sah ihr klares Profil von der Seite und spürte Stolz und Liebe in sich aufsteigen.

„Ach Papa!" reagierte Isabell etwas genervt, „woher soll ich das denn wissen?" sagte sie und stocherte mit dem Zeigefinder Löcher in den warmen, weißen Sand.

„Ganz ruhig, Liebes", meinte der Vater nur, „du sprichst vom Geist. Dann müsstest du doch auch wissen, was der Geist ist, finde ich – oder?" Er hatte sie, während er gesprochen hatte, angesehen. Jetzt schaute er auf die bunten runden Steine im Wasser und bemerkte, dass sie Farbe und Form veränderten, wenn eine Welle über sie hinwegspülte.

„Nein, muss ich nicht wissen", antwortete Isabell etwas trotzig und stocherte wieder mit ihrem Zeigefinger Löcher in den Sand. „Du weißt auch nicht alles, Papa, oder?"

„Ich weiß auch nicht alles, mein Kind. Da hast du sicherlich recht."

„Und du weißt auch nicht alles über die Dinge, über die du sprichst, oder?" meinte sie herausfordernd und grinste jetzt zu ihm hoch.

„Doch – ich denke ich weiß alles über die Dinge, über die ich rede", sagte er langsam.

„Alles?" Isabell ließ nicht locker.

„Hm!" machte der Vater und pustete dabei einen Ruck Luft aus seiner Nase, so, als hätte er den ersten Laut eines Lachens runtergeschluckt.

„Siehst du, es stimmt. Du weißt auch nicht alles!" triumphierte Isabell.

Der Vater dachte nach, suchte nach Worten, hatte das Gefühl seiner Tochter etwas erklären zu müssen, wusste aber nicht wie: „Sicher hast du auch da ein wenig recht", meinte er dann, „Kann sein, dass ich manchmal etwas weiß, dass ich gelernt habe und überzeugt bin, es verstanden zu haben. Es ist aber nicht wirklich richtig. Eines Tages kommt jemand und zeigt dem Anderen, dass man die Dinge auch anders sehen kann und das, woran ich bisher geglaubt habe, stimmt auf einmal nicht mehr".

Isabell hatte zugehört und nickte dabei langsam. Der Vater drehte seinen Kopf nach hinten, um zu sehen, wo seine Frau war, sah aber nur den weißen Sand und eine Wolke über den Dünen.

„Papa?", fragte jetzt Isabell, „ist es dann nicht klug, wenn wir weniger überzeugt davon sind, alles verstanden zu haben?" Sie schaute ihren Vater wieder von schräg unten an und blinzelte mit den Augen, weil die Sonne sie blendete.

„Vielleicht wäre das klug", meinte er und hing dabei mit seinen Augen an dem dünnen Strich, den Meer und Himmel gezogen hatten.

„Aber anstrengend", brummte Isabell und atmete dabei schwer aus.

„Anstrengend, aber wichtig", sagte der Vater und grinste seine Tochter an.

„Machst du das denn, Papa?" fragte sie langsam und ein wenig fordernd.

„Manchmal – nicht so oft. Ja, das mache ich. Aber du hast Recht; es ist anstrengend – doch es lohnt sich ganz sicher!"

„Warum lohnt sich das?", wollte Isabell wissen.

„Weil wir dadurch klüger werden", meinte der Vater und lächelte ganz breit, so als hätte er einen Witz gemacht.

„Klüger?", wollte Isabell wissen.

„Ja, klüger", meinte der Vater, jetzt wieder ganz ernst, „wir erlauben uns, dazuzulernen, Irrtümer zu korrigieren und das macht uns klüger".

„Ach Papa. Du bist anstrengend, richtig anstrengend!" antwortete Isabell und stöhnte dabei laut.

Dann saßen Vater und Tochter nur noch schweigend da. Beide blickten über die Weite des Meeres, die noch weiter als der Horizont war. Hinter ihnen tauchte jetzt der Kopf der Mutter auf. Er gähnte, wurde langsam von braunen, runden Schultern hochgehoben und dann stand da auf einmal eine blonde Frau. Die Frau stapfte langsam, so als wäre es ein Genuss, durch den warmen, weißen Sand, hin zu dem Mann und dem blonden Mädchen. Dabei schaute sie unentwegt vor sich auf den Strandboden. Schließlich hatte sie die beiden erreicht.

„Ist das nicht herrlich hier?" fragte sie und setzte sich neben Isabell, legte kurz ihren Arm um sie und gab ihr einen Kuss auf die Stirn.

„Ja!" sagten Vater und Tochter aus einem Mund, „wirklich herrlich", meinte der Mann, „und jetzt ist es unübertrefflich", fügte er hinzu und langte an Isabell vorbei, um seine Frau an der Schulter zu schubsen. Damit wollte er ihr sagen: „Jetzt, wo du hier bist, ist es noch schöner geworden!"

„Und", fragte die Mutter, „was gibt es hier Spannendes?" Dabei schaute sie die beiden an, indem sie sich weit vorbeugte.

„Steine", meinte Isabell trocken. Vater lachte und sagte: „Wir philosophieren!"

„Was sonst", meinte die Mutter nur, so als hätte sie gar nichts anderes erwartet.

„Papa ist anstrengend", sagte Isabell zur Mutter hingewandt.

„Papa ist anstrengend", wiederholte die Mutter und lachte plötzlich laut und herzhaft und kriegte sich gar nicht mehr ein, wie es schien. Vater und Tochter mussten mitlachen, ob sie es wollten oder nicht. Die Mutter prustete noch einmal laut, dann meinte sie: „Was philosophiert ihr beiden denn so?"

„Papa hat gesagt, dass er nicht alles weiß und das nicht alles, was er weiß, richtig ist!" triumphierte Isabell und grinste ihren Vater breit an.

„So klug ist dein Vater?"

Wieder lachten alle. Es war sehr deutlich; die drei waren glücklich miteinander und kannten sich gut.

„Schau, Renate", sagte der Vater und zeigte dabei vor sich auf die Steine im Wasser, über die gerade wieder eine Welle hinwegspülte, „die Steine verändern sich, wenn die Welle kommt!"

Isabells Mutter schaute hin und schüttelte den Kopf: „Wie, die verändern sich?" fragte sie und starrte auf die Steine.

„Du musst genau hinsehen", meinte er etwas energischer, „dann kannst du es auch sehen!"

Die Mutter beobachtete jetzt ganz intensiv. Isabell auch.

„Du hast recht", bestätigte sie jetzt den Vater, „für einen Augenblick haben sie eine andere Form und auch die Farben bewegen sich dabei".

„Du hast recht", mischte sich Isabell in das Gespräch ein, „wirklich gut Papa. Was du alles siehst", meinte sie mit einem Funkeln in den Augen.

„Wieder was dazugelernt", meinte der Vater trocken.

Dann schwiegen alle drei. Das Meer rauschte und machte klirrende und klickernde Geräusche, wenn es über die Steine rollte und dabei kleinere Steine mit nach oben riss und nochmal, wenn sie wieder ins Meer zurückschwappte. Der Himmel war klar und blau. Die Sonne stand tiefer, wanderte weiter auf den Horizont zu, genau in die Mitte der dünnen Line, die Meer und Himmel voneinander trennte. Von irgendwoher war der Ruf einer Möwe zu hören. Rechts tauchte kurz die Spitze eines Segelbootes auf und verschwand gleich wieder. Keiner der drei hatte es bemerkt. Isabell begann wieder Buchstaben in den warmen, weißen Sand vor sich zu malen. Vater und Mutter schauten ihr dabei zu. Nach einer Weile wischte sie die Buchstaben wieder weg und begann erneut. Irgendwann meinte der Vater:

„Deine Tochter hat ein neues Wort erfunden".

„Meine Tochter?" fragte die Mutter zurück. „Was für ein neues Wort ist das denn?" wollte sie dann doch wissen, als der Vater nicht reagierte.

„Sag's ihr, mein Kind", lächelte der Vater.

„Hab ich vergessen", antwortete Isabell unwillig und dachte bei sich: „Eltern. Denen fällt wohl sonst nichts ein!"

„Komm, Isabell", machte der Vater weiter, „so ein tolles Wort. Das hast du doch nicht vergessen?!"

„Doch, habe ich", brummte Isabell und reagierte nicht auf den leichten Schubs, den Vater ihr mit seiner Schulter gegeben hatte.

„Jetzt bin ich aber doch neugierig geworden", hörte Isabell ihre Mutter sagen.

„Schwanenwind!" sagte sie dann wie gelangweilt und zugleich sehr unwillig.

„Schwanenwind?" fragte die Mutter zurück, so als wolle sie sich vergewissern, dass sie auch richtig gehört hatte.

„Tolles Wort", ergänzte der Vater und lächelte weiter vor sich hin.

„Wirklich!" meinte die Mutter noch immer ganz verwundert, „Komisches Wort".

„Nein", widersprach der Vater, „ein tolles Wort. Unsere Tochter", er betonte dabei das unsere, „ist ein Wortfindegenie!"

„Du auch, Papa!"

„Und es kam aus ihrem Geist. Sie kann aber nicht sagen, was ihr Geist ist", redete der Vater weiter.

„Du bist blöd, Papa", antwortete Isabell, nun wirklich ein wenig gekränkt. „Väter sind blöde Kerle", war ihr eigentlicher Gedanke.

„Papa weiß gar nichts genau und denkt dann darüber nach, was er sowieso nicht richtig weiß", maulte Isabell sichtlich beleidigt und hoffte insgeheim, den Vater eins ausgewischt zu haben.

„Ich finde", meinte jetzt die Mutter, „dass dein Vater ein recht kluger Mann ist". Sie schaute jetzt ihren Mann und zwinkerte ihm zu. „Findest du doch auch, nicht wahr?" wollte sie ihre Tochter beschwichtigen.

„Manchmal", brummte diese nur leise und dachte dabei: „typisch Erwachsene. Halten immer zusammen!"

„Ihr wisst ja selbst nicht, was der Geist ist", konterte sie dann, „und ich soll es wissen! Das ist gemein und blöd von euch".

Die Eltern blickten sich an. Sie merkten, dass die Unterhaltung in eine ungute Richtung verlief.

„Da hast du recht", sagte der Vater zu Isabell, „ Wir wissen es auch nicht". Dann schwiegen wieder alle drei. Die Mutter hatte ihre Tochter in den Arm genommen und drückte sie fest an sich. Das tat Isabell gut und sie lächelte den Vater an, so als wolle sie sagen: „Schon OK. Ich weiß ja, dass es nicht wirklich böse gemeint ist".

„Schau die Sonne", lenkte jetzt der Vater ab. „Sie wird langsam golden. Noch ein oder zwei Stunden und sie verschwindet hintern Horizont".

„Sie geht dann unter, nicht wahr?" fragte Isabell, sich auf das neue Thema mit Erleichterung einlassend.

„Nicht wirklich", hörte sie ihren Vater sagen.

„Sie geht nicht unter?" fragte Isabell und ahnte schon wieder nichts Gutes.

„Nein. Sie verschwindet nur am Horizont", antwortete der Vater jetzt sehr ruhig. Seine Stimme klang dabei, als wäre es etwas Magisches, eine Art Zauber und ganz und gar ungewöhnlich.

„Und was ist der Unterschied?", wollte Isabell wissen.

„Der Unterschied?" wiederholte der Vater, „der Unterschied ist der…", er machte eine kunstvolle Pause bevor er weitersprach, „im ersten Fall, also wenn man sagt, die Sonne geht unter, würde das bedeuten, dass die Sonne sich am Himmel bewegt und an der ansonsten bewegungslosen Erde vorbeiwandert, um dann irgendwann am Horizont unterzugehen. OK?", vergewisserte er sich.

Ok!", war die Antwort von Isabell.

„Aber das stimmt nicht. In Wirklichkeit dreht unsere Erde sich um die Sonne und gleichzeitig um die eigenen Achse!" Während Vater sprach, machte er mit den Händen kreisende Bewegungen um die Sonne am Himmel. Das sollte die Bewegung der Erde sein.

„Ja und?", war jetzt Isabell neugierig geworden. „Das bedeutet?"

„Das bedeutet, dass die Sonne nicht untergeht. Die Erde dreht sich von der Sonne weg. Wir bewegen uns mit der Erde im Kreis von der Sonne weg, sozusagen aus ihr Sichtfeld. Das ist die Wirklichkeit, mein Kind".

Isabell schaute ihren Vater an. Dann blickte sie zum Himmel hoch, zur Sonne und weiter zum Horizont und wieder von vorne. Es war, als müsse sie erst überprüfen, ob das wirklich stimmte, was Vater gerade erklärt hatte. Dabei schüttelte sie den Kopf. Es wollte ihr nicht gelingen, das Gesagte nachzuvollziehen.

„Dein Vater entromantisiert mal wieder das Leben", erwiderte die Mutter und eilte damit ihrer Tochter zur Hilfe.

„Entromant… - was tut er?" fragte Isabell die Mutter etwas entgeistert.

Er macht die Romantik kaputt", versuchte die Mutter das Wort zu vereinfachen.

„Entro-mant-isiert", sprach Isabell der Mutter nach. „Komisches Wort", stellte sie schließlich fest.

„Ich finde die Wirklichkeit romantischer", war Vaters Reaktion auf das Gespräch zwischen Mutter und Tochter. „Schau einmal, Isabell", erzählte er weiter und machte dabei ein sehr ernstes Gesicht. „Vorhin haben wir noch gesagt, wie wichtig es ist, von Zeit zu Zeit das eine oder andere in Frage zu stellen, um es dann neu zu betrachten, mit anderen Augen sozusagen. Das habe ich gerade gemacht. Mehr nicht".

„Du überforderst unsere Tochter, mein Liebster", kommentierte Isabells Mutter den Vater.

„Überfordere ich dich, meine Tochter?", wollte der Vater von Isabell wissen.

„Natürlich nicht", grinste Isabell und wiegte dabei den Kopf ein wenig hin und her.

„Also, meine geliebte Frau", wandte er sich an Isabells Mutter, „hab keine Angst um das geistige Wohl deiner Tochter. Sie wird sich schon melden, wenn ich ihr auf den Geist gehe, oder?", fragte er Isabell.

„Klar doch", reagierte sie sofort und irgendwie nachdenklich.

„Ich mache euch einen Vorschlag", verkündete da der Vater und klatschte sich dabei in die Hände.

„Da bin ich ja mal gespannt", war die Antwort der Mutter.

„Ich auch, Papa", sagte Isabell und schaute die Mutter grinsend an. Die lächelte zurück, ahnte aber gleichzeitig, dass ihr Mann mal wieder etwas ganz besonderes im Sinn hatte.

„Wir überprüfen die Wirklichkeit, mal sehen, ob das geht".

„Und wie?", fragte die Mutter.

„Möchtest du die Wirklichkeit überprüfen, mein Kind", wollte der Vater aber von Isabell wissen und strich seiner Tochter über das blonde Haar.

„Ja, wenn das geht".

„Das weiß ich auch nicht. Aber mein Vorschlag ist folgender", er machte eine Pause, so als müsse er erst seine Gedanken ordnen.

„Wir beobachten die Sonne, wie sie weiter auf den Horizont zuwandert. Gleichzeitig machen wir uns immer wieder bewusst, dass nicht die Sonne sich bewegt, sondern wir uns, von der Stelle hier, wo wir sitzen, von der Sonne wegbewegen".

Er schwieg und versuchte festzustellen, wie seine Idee bei Frau und Tochter angekommen war. Aber die beiden schwiegen, schauten sich dabei an und machten gespielt erstaunte Gesichter.

„Hast du das verstanden?", fragte die Mutter Isabell.

„Hast du das denn verstanden?", wollte Isabell von der Mutter wissen.

„Ich glaube schon! Und du, mein Kind?"

„Klar doch!" meinte sie lakonisch.

„Gut. Also ab jetzt!" machte der Vater weiter, setzte sich ganz gerade hin, wie, als wolle er meditieren, legte auch die Hände dabei in den Schoß und heftete seinen

Blick an die Linie am Horizont, da, wo das Meer scheinbar zu Ende war.

„Gut", sagten auch Isabell und ihre Mutter und versuchten sich so hinzusetzen, wie der Vater. Und nachdem alle noch eine Weile hin und her gerutscht waren, saßen sie schließlich ganz still, so still, wie die Sonne, die weiter ihren Weg am Himmel, Richtung Horizont nahm – oder noch stiller…

Da saßen sie zusammen am Strand nebeneinander und mit Blick aufs Meer. Eine Frau und ein Mädchen, beide mit langen, blonden Haaren und ein Mann mit einer roten Badehose, still und unbeweglich. Die Sonne stand schon tiefer, färbte sich unendlich langsam orange und dann blutrot. Der Himmel hatte seine blaue Farbe gewechselt, wirkte noch klarer, wobei das Himmelsblau blasser war. Feine Wolkenschleier in der Stratosphäre hatten die Farbe der Sonne angenommen. Sie leuchteten in ihrem Rot, nur überirdischer. In meditativer Betrachtung und Liebe vereint waren sie; Vater, Mutter und Tochter. Das Meer war leiser geworden. Der Wind hatte gänzlich nachgelassen und weiter draußen, spiegelte die fast glatte Oberfläche des Meeres den Himmel und seine Farben wider. Dabei entstand ein leuchtend breiter Streifen der Sonne bis fast an den Strand, wo die drei saßen. Isabell war innerlich ganz ruhig. Sie hatte das Gefühl, dass ihre Gedanken weg waren. Nur noch klares Schauen und Trachten. Sie versuchte die Bewegung der Erde zu spüren, die sich vom Antlitz der Sonne fortbewegte, versuchte, diese riesige Kugel, die sie als Kugel gar nicht realisierte, in ihrer Bewegung unter sich zu spüren. Und sie spürte etwas. Sie spürte eine breite, vorher nie erfahrene Masse unter sich, schwer und dicht. Das war alles. Und die Erde drehte sich weiter, immer weiter, drehte sich, wie seit Anbeginn der Zeit. Traumhaft der Augenblick des Erlebens, glückstrunken die Mutter, die tief angerührt war, von der Ernsthaftigkeit ihrer Tochter, die zu spüren suchte, was eigentlich nicht zu spüren war. Selig der Vater, der ebenso berührt war von seiner Tochter neben sich, die wie eine lichte Elfe ein Schauspiel betrachtete, wie Jahrtausende die Menschen vor ihr; nur dass sie etwas anderes sah und erlebte, als all die Menschen und Menschenkinder vor ihr – und etwas anderes spürte, nämlich Mutter Erde, wie sie sich mit ihr von der Sonne fortbewegte. „Die Erde dreht sich. Ich spüre es", flüsterte das Mädchen ganz leise, wie, als würde sie träumen. Die Eltern schienen sie aber nicht zu hören. Dann verschwand der dunkelrote Sonnenball aus dem Blickfeld der drei. Zurück blieben ein blassrotes Band am Horizont, Stille, ein leise glucksendes Meer und ein verzaubertes Mädchen, das zwischen Vater und Mutter saß. Als die Dämmerung immer weiter das Licht verdrängte und es empfindlich kühl geworden war, hörten die drei ein Peitschen und Pfeifen, ein Ächzen und Zischen, ein Auf und Ab in der klaren Abendluft. Von links kam es immer näher, erfüllte den Raum, durchschnitt die Stille unwiderruflich und dann sahen die drei die Ursache des Lärms. Über die Dünen, in Richtung Meer, flogen drei Schwäne, und ihr schwerer Flügelschlag wirbelte die Luft des Abendhimmels auf, so, wie ein Stock, den man vom Ufer aus auf einen glasklaren stillen See hinausschiebt.

„Papa!" rief da Isabell ganz aufgeregt und sprang auf. „Schau nur Papa!" Sie zeigte mit der ausgestreckten Hand auf die großen vorbeifliegenden Vögel.

„Schwanenwind, das ist Schwanenwind!"

WORTE

WORTE RINNEN VON DER WAND
RINNEN LEISE IN DIE TIEFE
FLIESSEN
FLÜSTERND HAND IN HAND

WANDERN VON DER MACHT DER ERDE
ZU DEM GRUND UND SAMMELN SICH
SO WIE TRÄNEN LEISE FLIESSEN
VON DEN WIMPERN ÜBER'S GESICHT

UND DER WIND WEHT SANFT DARÜBER
ZAUBERT MUSTER WIE EIN SPIEL
SCHWIMMEN
SCHWEBEN AUSEINANDER
SO VIEL LIEBE
FLÜSTERN SIE.

*A*ls ich 26 Jahre alt war, bin ich von zu Hause ausgezogen. Damals habe ich als Schlosser auf dem Pütt gearbeitet. Die Arbeit hat mir Spaß gemacht. Angst habe ich nie gehabt dort unten im Berg, tausend Meter unter der Erde, wo schon mein Vater nach dem schwarzen Gold gegraben hatte. Zwischen meiner neuen Wohnung, eine Zechenwohnung, und meinem Elternhaus, lag die Kirche und hinter der Kirche ein kleiner Wald, in dem ich die halbe Kindheit verbracht habe. Jetzt war ich ein junger Mann und lebte das erste Mal in meinem Leben alleine. Damals hatte ich kein Telefon und auch keinen Fernseher. Was ich hatte war Zeit, viel Zeit. Am Abend, wenn es dunkel geworden war und ich noch nicht schlafen konnte, marschierte ich zum Haus meiner Eltern, schlüpfte durch ein Loch in der Hecke in den Garten und blieb unter dem Apfelbaum stehen. Von dort beobachtete ich die Lichter im Haus, sah, wenn Mutter vor dem Fernseher saß oder wenn sie aufstand, um in die Küche zu gehen oder sonst wo hin. Irgendwann, meist kurz nach zehn Uhr, stand sie auf, schaltete den Fernseher aus und ging zu Bett. Ich machte mich dann auf den Weg zurück in meine kleine Wohnung ganz oben unterm Dach. Eines Tages lenkte mich aber mein Schritt nicht gleich in die Wohnung zurück, sondern in den Wald hinter der Kirche. Ich betrat ihn zögerlich und suchte mir dann einen Weg durch das Gebüsch hinein in die Dunkelheit.

Anfangs fühlte ich mich etwas ängstlich und unsicher. Ein Instinkt sagte mir, ich solle nicht weitergehen, da könnte eine Gefahr sein, irgendwo da oder dort hinter einem Baum oder in einem Gebüsch. Doch ich ging weiter, bis sich meine Augen etwas mehr an die Dunkelheit gewöhnt hatten und ich gewisse Konturen ausmachen konnte. So suchte ich mir einen Weg durch das Unterholz. Auf einmal riss die Wolkendecke auf und der Mond schaute hinter einer schwarzen Wolke hervor, erst nur ein wenig, dann tauchte er den Wald in ein geheimnisvolles milchiges Licht und ein kleiner Pfad war sichtbar. Auf ihn ging ich dort hin wo die Rotbuchen ihre schlanken Stämme mit den buschigen Kronen in den Himmel streckten, lehnte mich an einen der glatten Stämme und schaute zu, wie der Mond von einer Wolke zur nächsten wanderte.

Wie lange ich dort gesessen habe, kann ich heute nicht mehr sagen. Aber ich kann mich erinnern, dass ich irgendwann den Wunsch tief in mir verspürte, einmal wie der Mond von einer Wolke zur nächsten zu wandern, um irgendwann ein Schlupfloch in der unendlichen Weite des Himmels zu finden, um dorthin zu gelangen, wo alles nur gut und schön ist und die Liebe alle Welten einhüllt und hält, so, wie die schützende Hand der Mutter ihr neugeborenes Kind .

Nachtlichter

Mitten in einem großen Nachtwald lag ein verträumter See. Er war eingerahmt von Seerosen, die zur Mitte hin weniger wurden. So schaute der See mit seinem dunklen Auge, von Seerosenwimpern umgeben, in den Nachthimmel, der übersät war von hellen Punkten; alles ferne Sonnen und unsere nahen Planeten. Nicht weit vom See stand ein kleines Holzhaus. Wäre nicht hinter einem der kleinen Fenster ein flackerndes Licht, das auf die Lichtung hinausstrahlte, hätte der schwarze Nachtwald die kleine Hütte stillschweigend in seine Schatten eingehüllt und sie wäre selbst ein schwarzer Schatten, wie alles andere auch hier im Nachtwald. Von dem Häuschen aus, schlängelte sich ein schmaler kaum sichtbarer Pfad zum See, bis hin zu einer winzigen Holzbank, ganz nah am Seeufer. Rings um die Bank und nach vorn zum See, waren das Gebüsch und das Schilf sehr niedrig oder gar nicht vorhanden, so dass der Blick über das Wasser frei und ungehindert war. Die Nacht war still. Nur manchmal raschelte es irgendwo im Unterholz oder vom See her kam ein glucksendes, gurgelndes Geräusch und hin und wieder ein helles Platschen. Ein feiner, kaum spürbarer, warmer Frühsommerwind strich durch die hohen Baumkronen und ließ die Blätter leise rascheln; beruhigend, wie das leise Summen einer Mutter am Bett ihres Kindes. Es roch nach grünen Blättern, nach Dunkelheit und nach Wasser.

Am See, auf der niedrigen Bank, saß eine sehr alte Frau in einem weißen, wallenden Hemd. Ihre langen Haare waren so weiß wie das Hemd, sie hatte ihre Hände in ihren Schoß gelegt und schaute schon eine Weile auf eine bestimmte Stelle mitten im See. Von ihrem Gesicht war nicht viel zu sehen, außer dass es schmal war und dunkler als die Haare. Jetzt reckte sie sich unmerklich in die Höhe und beugte sich gleichzeitig nach vorn. Irgendetwas schien dort aufgetaucht zu sein. So saß sie, angespannt wie ein Tier des Waldes, witternd und hellwach und schaute gebannt auf den See hinaus. Nach einer Weile, entspannte sie sich wieder und lehnte sich, scheinbar enttäuscht, wieder zurück. Der Schrei eines Waldkauzes durchschnitt die Stille der Nacht. Dann war wieder das leise Lied des Windes in den hohen Baumkronen zu hören.

Irgendwann beugte sich die alte Frau erneut aufmerksam vor und lächelte gleich darauf. Da waren sie: tanzende Lichtpunkte mitten auf dem See.

„Da seid ihr ja", sprach sie leise und ihre Stimme klang erfreut und irgendwie jung.

„Na, was habt ihr mir denn heute zu erzählen", redete sie weiter mit den Lichtern auf dem See. Dabei schaute sie so glücklich, dass es jeden der sie sah anrührte.

„Ach ja", meinte sie dann, „ ihr redet ja nicht mit mir! Tanzt nur immer hin und her und hört mir zu!" redete sie weiter und ihre Stimme klang sehr verständnisvoll und akzeptierend.

„Aber ich bin euch treu und freue mich, dass ihr mal wieder bei mir vorbeischaut", sprach sie weiter. Die Lichter auf dem See tanzten dabei in der Mitte des Sees mal dicht unter der Oberfläche, dann wieder schienen sie über den See zu schweben. Auch die Größe veränderte sich: Mal waren sie klein und rund, dann wieder lang und schmal. Was sich nicht änderte, war die Intensität, mit der sie leuchteten und strahlten.

„Wo wart ihr denn all die Tage?", war die alte Frau wieder zu hören. „Ich hatte schon Angst, ihr habt mich vergessen!" wurde ihre Stimme leiser, so als hätte sie jetzt Angst, die Lichter zu verscheuchen und auf keinen Fall wollte sie ihnen einen Vorwurf machen.

„Das habe ich gelernt", meinte sie weiter und sprach wieder lauter, „nichts zu erwarten und mich zu freuen, wenn ihr mal wieder da seid!" Beim Sprechen hatte sie eine Hand in die Nähe ihres Herzens gelegt, so als wolle sie sagen: „Ehrlich. Ich mach keine Witze...!"

„Aber das wisst ihr ja, oder?" ergänzte sie ihre Aussage fragend. Sie wollte damit wohl zeigen, wie wichtig ihr die eigene Einstellung war.

„Das ist schon lange so", sprach sie jetzt noch lauter, „seit die Kinder groß sind und mein Mann fortgegangen ist!" rief sie die letzten Worte laut, als wolle sie etwas verscheuchen, wischte dann auch tatsächlich mit der Hand vor ihrem Gesicht entlang.

Ob es ihr gut ging damit, dass sie alleine hier im Wald hauste?

„Er kommt aber wieder", meinte sie dann, „das hat er mir versprochen, als er ging. Und er hält seine Versprechen – ganz sicher". Sie war wieder verstummt und schaute wehmütig zu den Lichtern auf den See hinaus.

„Ich weiß. Das habe ich alles schon einmal erzählt", murmelte sie mehr für sich und blickte einen Moment auf den Boden.

„Aber ihr sollt wissen, dass das wirklich so ist!", wurde ihre Stimme lauter und verebbte dann wieder in der Nacht. Für eine Weile war dann nur noch der Wind in den Baumwipfeln zu hören und irgend etwas, dass vom See zu kommen schien.

„Er hat gesagt, ich solle weiter die Menschen heilen mit meinen Kräutern und Tinkturen. Ja, das hat er gesagt", ergänzte sie sich selbst, „und das er anders helfen wolle, so gut er kann. Mit seinen Mitteln und die seien nun mal anders, als meine. Er ist ein Mensch des Verstandes, hat er immer gesagt, und seiner Weisheit! Das hat er gesagt, als er gegangen ist. Ja, das hat er gesagt", verstummte sie wieder und es schien, als lausche sie auf ihre eigenen Worte, um zu prüfen, dass sie auch daran glaubte, was sie gerade gesagt hatte; nämlich, dass er wiederkommt eines Tages.

„Wollt ihr was Neues wissen?" fragte sie unvermittelt auf den See hinaus.

„Ja?" fragte sie noch einmal. „Gut!" meinte sie, „das freut mich wirklich, dass ihr mir noch zuhören wollt. Einer alten närrischen Frau!" lächelte sie.

„Ich habe eine neue Kräutermischung", fuhr sie fort, „sie hilft noch besser als die alte. Neulich kam eine junge Mutter mit einem Baby. Die Ärzte hatten schon alles versucht, aber es war nicht besser geworden mit dem Durchfall und dem Fieber. Drei Tage war sie hier bei mir mit dem Kind. Dann war es wieder gesund, ganz gesund. Ist das nicht wunderbar?" rief sie fragend. „Ist das nicht wirklich wunderbar?"

Mit dem nackten Fuß schabte sie über die nachtkühle, feuchte Erde vor sich, die Lichter dabei nicht aus den Augen lassend. Dann hob sie den Kopf und schaute zu den Sternen, die den Himmel seidig und mattschwarz aufleuchten ließen. Es schien, als hoffe sie von dort oben endlich eine Antwort zu bekommen, irgendeine andere Reaktion, als nur ein hin- und her tanzen von Lichtern. Doch die Nacht war still, unheimlich still; abgesehen vom leisen Raunen des Windes in den Baumkronen und den tanzenden Nachtlichtern auf dem See ohne Worte.

„Ihr seid so wunderbar", meinte sie unvermittelt, „so wunderbar!" rief sie mit Nachdruck in der Stimme.

„Ich liebe euch!" schallte es über den See und durch den dunklen Wald. Für sich dachte sie: „Wenn ich euch nicht hätte, könnte ich gar mit niemanden mehr reden. Zum Glück habe ich euch".

„Seht ihr", sprach sie jetzt wieder innerlich ruhiger, „so alt bin ich noch nicht, dass ich nicht noch was Neues an Heilmittel finden kann". Leise klang dabei ihre Stimme und während sie sprach, war ein Funkeln in ihren Augen zu sehen und ein feines Lächeln um ihren herben Mund.

„Die junge Mutter hat mir erzählt, dass man überall über mich redet. Ja, die Leute reden über mich. Sie sagen, ich sei eine Heilerin, ein Segen für die Menschen, aber etwas merkwürdig und spinnig!" Während sie sprach, nickte sie mit dem Kopf und grinste breit.

„Lieber etwas verrückt und eine wichtige Aufgabe, die ich gut kann", meinte sie dann, „als normal und ohne Inhalt und Sinn im Leben", ergänzte sie ihren Satz. Als sie geendet hatte, bemerkte sie, dass die Lichter still standen, unbeweglich, dicht an der Oberfläche des Sees. Sie konnte sich nicht erinnern, dass die Lichter so direkt auf etwas, was sie gerade erzählte, geantwortet hatten. Ja, für sie war das eine Antwort. Die Lichter wollten sagen: „Das ist gut, dass du das so sehen kannst. Das ist oft so, dass ein Mensch, der etwas besonders gut kann, irgendwie merkwürdig wirkt auf andere. Es ist gut, dass du damit leben kannst, etwas ganz Besonderes zu sein und etwas Besonderes zu tun!" Das hörte die alte Frau von den Lichtern, meinte es vielmehr für einen Augenblick gehört zu haben. Doch dann verstand sie, dass es eine Stimme in ihrem Innern war, die sie da vernommen hatte. Eine Stimme, die sie gut kannte, weil sie immer mal da war, wenn es ihr nicht gut ging oder sie irgendeine Art von Halt oder Verständnis brauchte. Da sie sonst niemanden hatte, sprach diese Stimme in ihrem Innern zu ihr – und die Lichter tanzten jetzt wieder auf dem See hin und her.

„Vielleicht ist es ja gut, dass ihr niemals mit mir redet", meinte sie nach einer Weile.

„Würde mir wahrscheinlich gar nicht immer gefallen, was ihr mir zu sagen habt", murmelte sie mehr für sich, „vielleicht meint ihr ja auch, dass ich etwas verrückt bin, eine komische alte Kräuterhexe!" Sie hatte gerade beendet, da knackte es irgendwo hinten im Unterholz.

„Ein Reh", dachte sie, „oder ein anderes Waldtier".

Nein, sie hatte keine Angst. Nur selten kamen Besucher hierher und in der Nacht war noch nie jemand gekommen. Die Stille der Nacht war einfach da und kehrte nach jeder Störung sofort wieder zurück.

„Als ich noch ganz jung war, so jung, wie die Mutter mit ihrem Kind, die vor einiger Zeit hier war, da war ich wirklich verrückt; verrückt nach Liebe, nach dem Leben, nach Vergnüglichkeiten und allem, womit man sich die Zeit vertreiben kann". Sie hatte einen Gedankensprung gemacht in die Zeit zurück, die nur noch eine Erinnerung war. Wie kam sie nur darauf? Was ging jetzt in ihr vor?

„Ich hatte keine Ahnung, was das Leben wirklich ist und ausmacht. Aber es fühlte sich gut an, zumindest meistens. Bis es dann vorbei war!" erzählte sie weiter und schaute starr auf die jetzt kreisenden Lichter in der Mitte des Sees.

„Wenn es dann vorbei war, fühlte es sich immer noch eine Weile gut an. Irgendwann aber war ich leer, wie eine leere Flasche. Dann kam der Schmerz. Nein. Es tat nicht weh, nicht wirklich, weil es kein körperlicher Schmerz war. Es fehlte etwas. Wir wollen immer etwas haben, wir Menschen, sonst fehlt uns etwas! Warum ist das so?" fragte sie die kreisenden Lichter, schwieg, lauschte und wartete auf eine Antwort, die nicht kommen würde.

„Mein geliebter Mann hat immer gesagt, unser Reichtum liegt in uns selbst! Wir würden nichts mitnehmen können, von all dem Weltlichen. Alles ist vergänglich, entsteht und zerfällt wieder. Auch unser Körper zerfällt irgendwann, meinte er immer. Also suche nach dem, was in dir ist und weiterbesteht, auch wenn du gestorben bist! Das hat er immer gesagt!" rief die alte Frau und rieb sich mit dem Handrücken die Stirn.

„Ich suche schon die ganze Zeit!" rief sie wieder zu den Lichtern. „Die ganze Zeit schon; seit er gegangen ist!" sprach sie immer noch laut, aber jetzt mehr zu sich selbst, wie es schien.

„Und ich finde nichts, weiß nicht, was er meint!" sprudelten die Worte über ihre jetzt etwas zusammengepressten Lippen.

„Vielleicht weiß ich es ja doch, will es nur nicht wahrhaben".

Die alte Frau schwieg wieder. Sie erinnerte sich an eine Reise mit ihrem Mann. Damals waren sie noch nicht verheiratet und ziemlich unternehmungslustig. In den Fernen Osten waren sie gereist. Er suchte schon damals unentwegt nach Antworten auf seine Fragen nach dem Sinn seines, unseres Daseins. Wie oft hatte er gesagt, dass der Westen arm geworden sei im Geiste und das es hier nichts mehr gibt, wofür es sich wirklich lohnt zu streben und zu leben, außer man ist zufrieden damit, dass man einen Job hat, also Geld verdient, eine Frau, ein Haus und zwei Kinder, Vergnügen, endlos konsumieren und noch einmal Vergnügen ohne Ende. „Das ist mir zu wenig, zu banal. Jeder Affe auf dem Baum lebt sinnvoller!" hatte er gesagt.

„Ein verrückter Kerl ist er!" hallte ihre Stimme über den See und durch den Wald und stand langsam auf.

„Wirklich verrückt!" tönte ihre Stimme weiter.

„Aber ich liebe ihn genau deshalb; weil er so anders war, wie die meisten der anderen Männer!" meinte sie dann verträumt.

„Das ist doch nicht verkehrt, oder?" fragte sie in den endlosen Raum über sich hinein und bekam auch von dort keine Antwort.

„Er kommt zurück", flüsterte sie jetzt, „ganz bestimmt kommt er zurück". Sie hatte sich wieder auf die Bank gesetzt und war für einen Moment in diesem so fremdartigen exotischen Land. Dort sollte es Antworten geben auf seine Fragen, wie er meinte und diese fand er dann auch. Als sie wieder zurück waren, war sie schwanger. Sie heirateten, bauten ein Haus, dann noch ein Kind und als beide Kinder fast erwachsen waren, fing er wieder an zu suchen; hatte eigentlich nie wirklich aufgehört damit.

„Ich habe nur eine Pause gemacht, mehr nicht", hatte er gesagt. Eines Tages schmiss er seine Arbeit, forderte sie auf, endlich etwas für sich zu tun und verschwand das erste Mal für mehrere Monate. Als er wieder zurück war, hatte er sich verändert, sehr verändert. Er war ruhiger, stiller und gelassener geworden - in jeder Hinsicht.

„Ich bleibe nicht lange, möchte nur alles erledigen, was wichtig ist", hatte er gesagt und sie gefragt, ob sie jetzt endlich was für sich getan habe. Hatte sie! Sie hatte die Heilkräuter entdeckt, eine Ausbildung zur Heilpraktikerin absolviert und wollte demnächst eine eigene Praxis für Naturheilkunde eröffnen. Als er wieder gegangen war, hatten sie sich tagelang vor seiner neuen Reise geliebt; Tag und Nacht geliebt. Noch nie war so viel Erotik und Sexualität in ihrer Beziehung gewesen als in dieser

Zeit, diesen wenigen Tagen. Auf die Frage, was mit ihm los sei, er bekäme ja gar nicht genug, hatte er die Schultern gezuckt und gesagt, es sei die Energie in ihm und seine Liebe zu ihr. Sie sei schön und aufregend und hätte er das schon früher so bewusst erlebt und wahrgenommen, wäre es all die Jahre nicht anders gewesen. Dann war er wieder gegangen.

„Was hat er gemeint?" fragte sie, aus ihren Gedanken von ihren eigenen Worten aufschreckend. Dabei schaute sie aufmerksam zu den Lichtern im See und erschauderte plötzlich; die Lichter hatten sich deutlich verändert. Sie waren heller geworden und größer, viel größer. Und sie veränderten sich weiter. Langsam kreisten die Lichter um eine unsichtbare Mitte, verdichteten sich, immer weiter und weiter und flossen schließlich in der Mitte zu einem einzigen großen Licht zusammen. Dieses Licht hatte eine fließend pulsierende Gestalt, die auf dem Rücken im See zu liegen schien. Noch war nicht genau zu erkennen, ob es ein Fisch, ein Baum, ein Tier oder vielleicht sogar ein Mensch war. Es bewegte sich langsam in sich selbst fließend und durchsichtig. Wenn jetzt ein Fisch hindurchschwimmen würde, wäre das ganz normal, da das Licht keine feste Form hatte. Eher war es eine Art Energiefeld, das eine Gestalt, eine deutlichere Form anstrebte, aber nicht mehr.

„Was macht ihr?" rief die alte Frau völlig verwirrt zu dem Licht hin.

„Ihr macht mir Angst!" rief sie mit etwas heiserer Stimme und meinte damit die Lichter von vorher und noch nicht das Licht, wie es jetzt war. Die Antwort war eine weitere Veränderung der Form; sie hatte nun die Kontur eines Menschen angenommen, eines sitzenden Menschen. Als die Form immer deutlicher geworden war, kippte der Unterkörper ab in die Tiefe des Sees, verschwand in der Dunkelheit. Der Kopf aber leuchtete jetzt umso intensiver wie eine runde goldene Kugel dicht an der Oberfläche des Wassers. Aus den Augenwinkeln nahm sie wahr, dass sich auch die Seerosen zu bewegen schienen, so, als würden sie sich verneigen oder einen sehr langsamen Tanz tanzen; einen schwingenden bewegten kaum sichtbaren Tanz.

„Jetzt werde ich tatsächlich verrückt", meinte die alte Frau leise, „Endgültig!" wiederholte sie ihre Worte und zitterte dabei deutlich sichtbar, so als würde sie frieren. Aber es war nicht die Kühle der Nacht, sondern ein tiefer Schreck über die veränderten Lichter. Das war noch nie vorher geschehen und sie war sichtlich und nachvollziehbar verwirrt.

„Warum macht ihr mir solche Angst?" wollte sie nun von der goldenen Kugel mit einem leisen Klagen in der Stimme wissen.

„Oder wollt ihr endlich mit mir sprechen?" war die nächste aufgeregte Frage von ihr. Doch die goldene Kugel schwieg, wie die Lichter zuvor. Dafür schwebte die Kugel langsam höher und höher, bis sie schließlich über der Seeoberfläche schwebte. Dort blieb sie aber nicht. Sie hob sich weiter in den Nachthimmel und von unten folgte gleichzeitig der Körper – ganz, ganz langsam weiter mit nach oben. Nach einer endlosen Zeit schwebte eine hell goldene, im Schneidersitz sitzende Gestalt über dem See; ruhig und völlig unbeweglich. Die alte Frau starrte gebannt auf diese Lichtenergiegestalt. Endlich hatte sie sich gefangen und stellte der goldenen Gestalt eine Frage: „Kenne ich dich?" Aber auch jetzt bekam sie keine Antwort. Und auch sonst geschah nichts.

„Ich kenne dich", meinte die alte Frau nun wieder mit gewohnt fester Stimme, „ich habe dich schon einmal gesehen, weiß jetzt nur nicht, wo das war!" Doch dann erinnerte sie sich. Es war während der Reise mit ihrem Mann im fernen Osten. Dort hatte sie viele solcher Figuren oder sitzender Gestalten gesehen. Sie waren alle mehr oder weniger ähnlich und alle, soweit sie sich erinnern konnte, waren männlich gewesen.

„Du bist eine Frau?" stellte sie jetzt fragend fest, „eine Frau?" wiederholte sie langsam und sehr erstaunt.

„Wie kann das sein?" fragte sie sich selbst, „Es waren doch immer Männer, keine Frauen, oder erinnere ich mich nur nicht mehr?" Langsam stand sie auf und machte kleine, etwas steife Schritte zum Ufer des Sees.

Die alte Frau war ein Stück weit in den See gegangen und stand nun bis zu den Knien im Wasser. Langsam streckte sie die Hand nach der sitzenden und gleichzeitig schwebenden Frau aus, um sie zu berühren. Aber sie war viel zu weit weg. Der See war groß, nicht einfach nur ein Tümpel zwischen Bäumen.

„Bist du hier, um mir von meinem Mann zu erzählen?" wollte sie wissen.

„Lebt er noch oder ist er tot?" bohrte sie angstvoll weiter und ging dabei Schritt für Schritt tiefer in den See, hin zu der leuchtend goldenen Frau. Die Energiegestalt bewegte sich unmerklich, schien ein wenig näher zu kommen.

„Bitte sag es mir!" flehte die alte Frau und meinte, plötzlich einer Eingebung folgend: „Nein, ich klammere mich nicht an Hoffnungen, ich klammere mich nicht mehr an die vergänglichen Dinge dieser Welt. Auch nicht an meinen Mann!"

Sie war stehen geblieben. Die Lichtfrau auch. Lange schaute sie die leuchtende Gestalt an. Über ihre Wangen liefen Tränenbäche, gespeist von einem stillen Schmerz tief in ihrem Herzen. Sie wusste nicht mehr, was sie denken oder fühlen sollte. Sie fühlte, ohne genau sagen zu können, was sie fühlte. Und über all diesem Erleben, dass so unwirklich war und einem Zauber glich, schwebte sie jetzt selbst mit einem ganz klaren Bewusstsein. Es war ihr, als hätte sich ein Teil, ein nicht greifbarer Teil von ihr gelöst und erlebe das ganze Schauspiel aus einer anderen Perspektive.

„So viel Klarheit", sagte sie leise, „So viel Klarheit habe ich noch nie erlebt" und ging langsam weiter, strauchelte mit einem Mal und fiel lang nach vorn in den See, tauchte einen Moment sogar unter und kam keuchend und nach Luft japsend wieder hoch. Als sie wieder stand, war die leuchtende Gestalt verschwunden. Über den Baumwipfeln stand eine goldene runde Mondscheibe, klar und übernatürlich groß. Sein Abbild spiegelte sich in dem von kleinen Wellen bewegten See wider und zog eine leuchtende Spur bis zum Bauch der alten Frau, die mit großen Augen, mal zum Mond über den Bäumen, dann wieder zu seinem Spiegelbild im See schaute. Aus ihren Haaren tropfte das Wasser und vermischte sich mit salzigen Tränen. Die alte Frau brabbelte leise unverständliche Worte vor sich hin und drehte sich langsam um. Immer noch vor sich hinmurmelnd schritt sie ein wenig wankend auf das Seeufer zu. Dann wurden ihre Worte lauter und verständlicher:

„Nein", sagte sie, „nein, das war nicht der Mond vorhin! Das war nicht der Mond! Es war eine Frau, ganz sicher.

Ich spinne nicht. Ich bin nicht verrückt. Nein, ich bin nicht verrückt. Das war nicht der Mond. Es waren die Lichter und die schöne Frau!" meinte sie immer wieder und wieder.

„Sie hatte so ein schönes mildes Lächeln. Ja, das hatte sie!" sprach sie weiter, stieg aus dem See und ging, ohne sich noch einmal umzusehen, auf ihr Häuschen zu.

„Morgen werde ich los und dich suchen", hörte man sie, bevor sie die Tür ihres Waldhäuschens hinter sich mit einem leisen Ruck ins Schloss zog.

Zurück blieben der dunkle Wald, der See und die Nachtlichter.

LOTUSBLUME

WEISSER EDELSTEIN
AUF SPIEGELNDEM WASSER
SCHWIMMST DU
LIBELLEN SCHWEBEN ÜBER DEINEN BLÜTENKELCH
ZUM DUNKLEN GRUND
REICHT DEINE LEBENSADER
QUELLE DEINER SCHÖNHEIT
ICH STEH AM UFER
STILL
IN DICH VERSUNKEN.

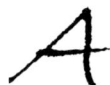 ls Buddhist ist für mich die Wiedergeburt so real wie für Christen die Jungfrau Maria, Gott, Jesus oder all die Heiligen. Mein Bestreben ist nicht, im Glauben gefestigt zu sein, einfach nur zu glauben. Ich suche nicht da Draußen nach der Wahrheit oder Wirklichkeit. Ich suche nach meiner inneren Wahrheit. Ich strebe danach, herauszufinden, wer und was ich wirklich bin. Ich strebe nach Bewusstheit, nach dem Erkennen der Natur meines eigenen Geistes!

Schon immer habe ich, wie übrigens alle Menschen, Leute beobachtet. Auch Kinder und diese ganz besonders, weil ich in einem Kind auch immer etwas von meiner eigenen Kindheit entdecke und erinnere. So habe ich mit der Zeit ein feines Gefühl für die Welt, die Erlebniswelt der Kinder entwickelt. Und weil ich mich gut an die eigene Kindheit erinnern kann, ahne ich zumindest, was in einem Kind vor sich geht und das es manchmal aus seiner Welt heraus in andere Welten eintauchen kann, zu der wir Erwachsenen keinen Zugang mehr haben. Ja, ich kann mich daran erinnern, als Kind in diese Welten der Fantasie (oder war es Realität?) geschaut zu haben.

Über dem Bett meiner Eltern hing eine große Lampe aus Milchglas, in deren Glas sich helle Farben von fast weiß bis hin zu karamellfarbenen Rändern zu Wolkenbildern vermischten. Manchmal am Abend, bevor ich in mein Bett steigen sollte, habe ich das Licht angemacht, mich auf das Bett von Vater und Mutter gelegt und in die Lampe geschaut. Nach einer Weile wurden die Wolkenbilder lebendig. Ich sah galoppierende Pferde, rennende Kinder und große fliegende Vögel, Katzen und Hunde, bunte Schmetterlinge und vieles andere, welche mich manchmal mit sprechenden Augen ansahen. Es war immer etwas anderes und es war immer lebendig. Manchmal habe ich mit den Kindern oder den Vögeln gesprochen, es zumindest versucht. Eine Antwort habe ich aber glaube ich nicht bekommen.

Später, ich war zwanzig Jahre oder etwas älter, habe ich die Lampe auf dem Dachboden, wo sie gelandet war, wiedergefunden. Ich war gerade dabei mein Jugendzimmer zu renovieren und entdeckte sie zufällig, als ich meine Tauben füttern wollte. Ich hing sie nun über mein Bett auf und freute mich auf den Abend. Als ich dann unter der hellen Lampe in meinem Bett lag, schaute ich in ihr milchiges Glas in der Hoffnung, all das Lebendige, die

Pferde, Kinder und Vögel in ihr wiederzuentdecken. Aber ich sah
nur das milchige Glas. Egal wie lange ich schaute und wie ich mich
im Bett auch drehte und wand, ich sah immer nur das milchige
wolkige Glas. Sonst nichts. Das Tor zu meiner Kindheit hatte sich
geschlossen – für immer?!

Königskinder

Sie waren gerade mal fünf Jahre alt die beiden; ein
Junge, Gabriel hieß er, war von zarter Natur, blond und
mit wachen blauen Augen. Dann das Mädchen, Gabriela, auch blond, etwas größer, kräftiger und mit einem
frechen Lachen in ihren braunen Augen. Sie waren Zwillinge, wie sie verschiedener nicht hätten sein können.
Der Junge war der Erstgeborene und hatte trotz seiner
Zartheit, den Weg aus dem Mutterleib als erster gefunden. Im Leben aber war das Mädchen die Tonange-
bende, war überall und nirgends und ihre Kinderstimme
durchdrang die Räume hell und klar, den ganzen Tag
über wie eine kleine Trompete!

Nur wenn die beiden alleine waren und unbeobachtet,
sah es anders aus. Wenn sie für sich waren, ging eine
Verwandlung mit ihnen vor, die ungewöhnlich war: Der
Junge war auf einmal energischer, mit gradem Rücken
und nach vorn gerecktem Kinn, redete jetzt sehr viel,
wo er doch ansonsten eher schweigsam und scheu erschien. Das Mädchen dagegen zeigte nun eine sonst nie
zu beobachtete Zärtlichkeit und Feinfühligkeit für ihren
Bruder und ihre Stimme war melodischer und weicher
als sonst. Sie wirkte dabei zurückhaltend, fast ein wenig
scheu. So führten die beiden ein Leben in der Öffentlich-
keit, das jeder kannte und hatten daneben ihr eigenes,

ganz besonderes Leben. Und wäre jemand da, der die beiden in ihrer Zweisamkeit beobachten könnte, würde er oder sie schnell den Eindruck gewinnen, das die beiden sich schon seit hundert Jahren oder länger kannten und aus einer anderen Welt, dummerweise als Kinder, in diese Welt hineingefallen waren.

Die Eltern, beide hatten studiert, waren glücklich miteinander, was nicht selbstverständlich ist, für die heutige Zeit. Sie waren seit ihrer Schulzeit zusammen. Zu Beginn waren sie nur gute Freunde, verliebten sich für alle unerwartet im Alter von sechzehn Jahren ineinander und waren seitdem ein Paar. Sogar die gleiche Uni hatten sie besucht. Aber sie hatten verschiedene Studiengänge gewählt; er Elektrotechnik, sie Pädagogik. Jetzt arbeitete der Mann für eine große Firma und verdiente gutes Geld. Die Frau war kurz vor ihrem Examen schwanger geworden und hatte, als die Zwillinge schließlich in den Kindergarten gingen, eine Stelle gefunden und arbeitete jetzt halbtags an einer Gesamtschule. Beide liebten ihre Kinder abgöttisch!

Heute waren sie mal wieder für sich. Der Vater war arbeiten und die Mutter wollte noch etwas besorgen. Sie sei in einer Stunde wieder zurück und sie sollen spielen, hatte sie gesagt und war gegangen. Jetzt saßen sie in ihrem Kinderzimmer auf den Boden. Das Zimmer war sonnendurchflutet und ließ die Spielsachen, die überall auf den Boden verstreut lagen, aufleuchten. Die Zwillinge interessierten sich aber nicht für ihre Spielsachen. Damit spielten sie selten und dann auch nur, wenn sie sich von Vater oder Mutter beobachtet fühlten. Sie saßen voreinander und schauten sich an. Nach einer Weile nahm der Junge die Hände seiner Schwester in seine und hielt sie fest. Beide mussten dabei die Arme ein wenig ausstrecken. So saßen sie beide da und Gabriela lächelte ihren Bruder an.

„Sollen wir wieder verreisen?" fragte sie ihn.

„Ja. Furchtbar gerne!" antwortete Gabriel und lächelte jetzt auch.

„Schließ die Augen!" sagte er und schloss dann gleichzeitig mit seiner Schwester die Augen. So saßen sie lächelnd und sich an den Händen haltend voreinander. Vor dem Fenster hielt der Wind einen Moment inne. Der Frühling versuchte sich mit Sonnenschein anzumelden, konnte dem kalten Wind aber noch nichts anhaben. In ihrer kleinen Siedlung war es ruhig. Nur weiter hinten, am Ende der Siedlung, bellte mal wieder der Hund der alten Witwe. Im Kinderzimmer hörte man den leisen Atem der Kinder und manchmal den Wind am Fenster.

„Wo willst du hin?" fragte Gabriel seine Schwester.

„Da, wo wir immer hin gehen", antwortete Gabriela.

„Ok", meinte der Junge nur. Dann war wieder nur der Wind zu hören und der Atem der Kinder. Plötzlich erhellte sich der Raum für einen Moment. Die Helligkeit nahm stetig zu; dann war das Kinderzimmer leer. Die Kinder waren verschwunden. Alles hatte nur wenige Wimpernschläge lang gedauert.

-

An einem fernen Ort, an dem die Zeit eine andere Bedeutung hat, stand auf einer kleinen Anhöhe ein wunderschönes Schloss. Es hatte goldene Türme und hohe breite Fenster überall. Anders, als wir es kennen, war es gebaut, ohne hohe Mauern oder Gräben, Zugbrücken und andere Begrenzungen. Das Schloss war ringförmig, wie ein Hufeisen, zeigte sich prachtvoll und einladend für jeden, der vorbeikam. Da, wo das Schloss seine beiden Flügel gleichförmig geschwungen nach beiden Seiten ausdehnte, befanden sich eine breite wunderschöne Terrasse und darüber ein Balkon mit einem verschnörkelten Geländer. Auf dem Balkon stand ein Paar; ein schlanker blonder Mann, mit blauen blitzenden Augen und eine wunderschöne blonde Frau mit einem strahlendem Antlitz und einem Lächeln, dass verzauberte. Überall wuchsen hohe Pflanzen und prächtige Blumen in allen Farben, füllten jede Nische und jede Ecke der Terrasse und auf dem Balkon. Die Luft war warm, das Licht der Sonne golden, wie die Türme des Schlosses. Ein wunderschöner Park dehnte sich vor den beiden aus. Bunte Vögel sangen in den Bäumen und Büschen, Schmetterlinge taumelten über die Wiesen und den tausend Blüten, welche hin und wieder vom Wind in den blauen Himmel getragen wurden, wo sie spurlos verschwanden. Bienen und andere Insekten summten und brummten ein gleichförmiges ruhiges Lied. Weit hinten im Land war ein breiter Fluss zu sehen, ein silbernes, schimmerndes Band, das sich durch das weite Tal schlängelte und von niedrigem Buschwerk umsäumt war. Am Horizont türmten sich blaugraue Berge, deren Gipfel das ganze Jahr über von Eis und Schnee bedeckt waren. Dieses wundersame und schöne Land, wirkte wie aus einem Märchenbuch, von einem ungeahnten Zauber und von Reinheit durchdrungen.

„Es ist schön, unser Land", brach der Mann ein langes Schweigen.

„Ja, mein König", antwortete die schöne Frau, „wunderschön ist es!"

„Ich könnte ewig hier mit dir stehen, meine Königin"
sprach der Mann laut ausatmend und reckte die Arme
nach oben, als wolle er die goldene Sonne umarmen.

„Ewig?" meinte die schöne Frau lächelnd, „aber mein
König. Nichts ist ewig, wie du weißt und selbst immer
wieder betonst". Auch sie lächelte jetzt und sah ihn an.

„Aber unsere Liebe ist ewig", sprach er, weiter lächelnd
und doch sehr ernst, „Unsere Liebe wird die Zeiten
überdauern", fügte er hinzu.

„Ja. Daran glaubst du mein König und weil ich es nicht
besser weiß und auch ich mir das von Herzen wünsche,
widerspreche ich dir nicht".

Während sie dies sagte, hatte sie seine Hand ergriffen
und hielt sie fest. Mit liebevollem Blick schaute sie ihn
von der Seite an. Bei all der Schönheit ringsherum und
ihren noch jungen Jahren, hatte sie doch auch viele Bilder der Vergänglichkeit vor Augen, Bilder von Zerfall,
Siechtum und den Tod ihrer geliebten Eltern, von Tie-
ren, um die sie sich schon als Kind gekümmert hatte und
von Pflanzen, mit ihren manchmal kaum wahrnehmba-
ren Veränderungen und wechselnden Blütenständen.
Wie ihr Gemahl, so träumte auch sie gerne und richtete
bewusst den Blick auf all das Schöne, auch wenn es
noch so unscheinbar war. Aber sie machte sich nichts
vor. Sie hatte schon vor langer Zeit verstanden, dass
nichts, wirklich nichts in der Welt von Dauer ist, dass alles Existierende, auch das letzte Atom, sich eines Tages
wieder im Raum auflösen wird.

Diese Art des Gesprächs zwischen ihnen war nicht neu.
Schon hunderte Mal hatten sie hier gestanden und mit
Staunen und Verzückung über das Land geblickt. Jedes
Mal so, als wäre es das erste Mal.

„Und wenn wir tausendmal sterben und wiedergeboren werden, so werden wir uns doch in jedem Leben neu begegnen, unsere Liebe neu entdecken und vertiefen", sprach der Mann jetzt leise, so, als würde er mehr zu sich selbst sprechen.

„Ja. Immer wieder neu!" wiederholte die schöne Frau seine Worte. Sie presste leicht ihre vollen Lippen zusammen und ein Mundwinkel verzog sich etwas skeptisch nach oben. Dann entspannte sie sich wieder und meinte mit einem leisen Singsang in der Stimme:

„Was für eine schöne Vorstellung. Wir treffen uns immer wieder neu, verlieben uns, heiraten, bekommen wunderbare Kinder, werden alt und sterben wieder. Aber ich als erste. Ich könnte nicht ertragen, ohne dich zu sein!" lachte sie jetzt und zog an seiner Hand, drehte sich leicht zu ihm hin, stellte sich auf die Zehenspitzen und küsste seine Wange.

„Du als erste. Ich könnte auch nicht ertragen, dich unglücklich und alleine zurückzulassen. Also gehst du vor und ich folge dir irgendwann!" Seine Stimme war ruhig und klar und ein Schmerz klang mit, den er aber nicht zu spüren schien.

Am klarblauen Himmel zog ein Schwarm Vögel vorüber. Sie waren schneeweiß mit langen Hälsen. Es waren Schneegänse, die auf der weiten Ebene am Fluss ihre Jungen großgezogen hatten und sich auf den nahenden Herbst und ihre Reise in den warmen Süden vorbereiteten. Fast meinte man, ihre Flügelschläge zu hören. Aber es war wohl nur der warme Wind, der seit Tagen über die Ebene wehte und überall in der Natur leichte Bewegungen auslöste. Bald würde es kühler, die Tage immer kürzer und die Sonne noch goldener werden. Die Natur würde sich ein letztes Mal in verschwenderischer Pracht und Fülle zeigen und eines Tages hätte sie sich über Nacht verabschiedet, würde im ersten Nachtfrost verblassen.

„Du glaubst wirklich daran, dass wir wiedergeboren werden?" fragte die Königin nachdenklich.

„Glauben?" war seine fragende Antwort, „Glauben heißt wohl Nichtwissen, oder? Nein. Es ist eine tiefe Gewissheit, eine ganz tiefe Gewissheit!" endete er und atmete tief aus, um ganz langsam wieder einzuatmen.

„Woher kannst du dir da so sicher sein?" wollte seine schöne Frau wissen.

„Weil ich mich bruchstückhaft an vorherige Leben erinnern kann, seit ich die geistigen Übungen mache. Darüber habe ich dir doch schon so oft erzählt!" antwortete er etwas unwillig oder ungeduldig. Er fand es schade, dass seine Frau ihm hier nicht folgte. Sie fragte zwar immer und immer wieder nach, konnte nicht genug hören, wie und von wem er diese Übungen gelehrt bekommen hatte, aber den nächsten Schritt, den machte sie nicht und das machte ihn ungeduldig und auch etwas traurig.

„Ich weiß, dass du mich als anstrengend empfindest, wenn ich immer wieder nachfrage, wo du mir doch schon alles so oft erzählt hast", meinte sie verständnisvoll, „aber es fällt mir schwer, das alles nachzuvollziehen. Ehrlich schwer!" endete sie mit einem kleinen Stöhnen auf den Lippen. Dabei erinnerte sie sich, wie eifrig er übte, seitdem er den ehemaligen Prinzensohn getroffen hatte. Er würde strahlen und eine Güte und Milde ginge von ihm aus, von der er sich jedes Mal aufs Neue tief angerührt fühle, hatte er erzählt. Viele Menschen würden ihm folgen und für jeden Menschen habe er die richtigen Erklärungen, um den Weg zu dauerhaftem Glück möglich zu machen.

„Dauerhaftes Glück?" hatte sie beim ersten Mal, als er ihr davon berichtete, fassungslos gefragt. Er erwiderte, dass es nicht alleine darum ginge, sondern darum, dass man erst in diesem geistigen Zustand höchster Wonne und Bewusstheit, anderen Wesen richtig helfen könne. „Der kommt wohl aus einer anderen Welt?" war ihre Reaktion gewesen und sie hatte heftig mit dem Kopf geschüttelt und ihren geliebten Gemahl als verrückt erklärt, dass er so etwas Ungewöhnliches tatsächlich glaubte. Er hatte enttäuscht den Blick gesenkt und meinte, dass man mit Hilfe der Übungen und dem Studium seiner Erklärungen, es selbst erfahren könne. Deshalb ging er immer wieder den weiten Weg zu dem Tal hinter den Bergen. Er wollte seinen Lehrer wieder hören, Kontakt mit ihm haben. Der sei sehr wichtig, sagte er jedes Mal, wenn er sich wieder auf eine dieser Reisen machte. Sie war fast immer voller heftiger innere Abund Auflehnung gewesen. Heute wusste sie, dass es mehr die Angst war, ihn zu verlieren. Es kam in dieser Zeit und in diesem Land nicht selten vor, dass ein Mann alles hinter sich zurück ließ, um das Leben eines Asketen oder Mönches zu führen. Was dann aus Frau und Kinder wurde, schien diese Männer nicht zu kümmern. Davor hatte sie Angst. Hatte doch sein eigener Lehrer ein ganzes Königreich aufgegeben und war in die Einsamkeit gezogen, um zu seinen Erkenntnissen über die Natur des Geistes zu gelangen, wie er es nannte, um dann allen, die sich davon angesprochen fühlten, sein Wissen zu vermitteln.

„Du hast ja recht", meinte sie, aus ihren Erinnerungen aufwachend.

„Ja, ich habe recht – er hat recht!" verbesserte er sich, legte seinen Arm um ihre weichen Schultern und zog sie sanft an sich. Ihr warmer Körper war so voller Leben!

„Aber was, wenn ich im nächsten Leben deine Mutter bin oder du mein Vater?" wollte sie jetzt wissen.

„Das wäre dann auch in Ordnung", meinte er nur, „die Liebe von Vater und Mutter geht uns am wenigsten verloren!"

„Jetzt sprichst du von verlieren, wo du vorhin noch verzückt und überzeugt von ewiger Liebe gesprochen hast?" war ihre vorwurfsvoll klingende Reaktion.

„Wirkliche Liebe ist immer dauerhaft und deshalb ist es egal, ob wir uns als Eltern und Kind, Mann und Frau, Bruder und Bruder oder Bruder und Schwester im nächsten Leben begegnen", fuhr er unbekümmert und mit großem Selbstverständnis fort.

„Mir nicht!" war ihre heftige Antwort, „mir ganz und gar nicht!" wiederholte sie, um sicher zu gehen, dass er sie gehört und verstanden hatte und vor allem – sie ernst nahm.

„Komm", lenkte er jetzt ein, „lass uns diesen wundervollen Tag genießen. Wer weiß, wie oft wir dazu noch Gelegenheit haben werden". Seine Worte waren scherzhaft gemeint, trafen aber das aufgewühlte Gemüt der Prinzessin, die sich jetzt gar nicht mehr beruhigen wollte.

„Willst du mich etwa verlassen und traust dich nicht, es mir zu sagen?" fragte sie aufgebracht und spürte wieder ihre Ängste, sie könne ihn verlieren.

„Es war nur ein Scherz", antwortete er und weil er merkte, dass seine Worte ihr Angst machte, lenkte er weiter ein.

„Niemals würde ich dich verlassen! Warum sollte ich das wollen? Eine so wunderbare Frau gibt es nirgendwo anders mehr und unsere Liebe will ich nicht missen!" Seine Stimme war warm und voller Liebe.

„Schau nur der Abendhimmel!" versuchte er sie auf andere Gedanken zu bringen, „eine goldene Sonne!" Während er sprach, hatte sie sich ganz dicht an ihn geschmiegt. Jetzt schlang sie ihre Arme um seinen Leib. In ihren braunen Augen funkelte der goldene Himmel und verlieh ihr für einen Augenblick etwas Überirdisches. Sie sah aus, wie ein leuchtendes durchsichtiges Wesen aus einer anderen Welt.

„Ich lasse dich nicht mehr los!" meinte sie leise. Er aber wich innerlich erschrocken zurück. Die Worte seines Lehrers klangen wieder in seinen Ohren. Loslassen sei das wichtigste überhaupt, um den geistigen Weg gehen zu können und um Fortschritte machen zu können, hatte er immer wieder betont. Nur, wenn wir uns von allen Dingen, Personen, Vorstellungen und Ähnlichem lösen würden, wenn wir jederzeit bereit seien für einen Abschied, sei es möglich das Ziel zu erreichen. Ansonsten würden wir wieder und wieder in das Leben zurückgeboren, würden Schmerzen erfahren, Verlust, Krankheit, Leid und schließlich wieder sterben. Ein endloser Kreislauf von Geburt und Tod, eine endlose Folge von Freude aber vor allem von Leid. Er hatte seinen Lehrer spontan verstanden und wollte nun diesen Weg gehen, egal wohin er schließlich wirklich führte und egal wie oft er vorher noch werde sterben müssen.

„Mein geliebter Mann!" hörte er seine Frau sagen, „ich will dich einfach nicht verlieren!"

„Wirst du nicht", antwortete er kurz, „wirst du nicht. Wir werden uns lieben, bis ans Ende unserer Tage und darüber hinaus – da bin ich ganz sicher!" rief er schließlich laut, als müsse er den goldenen Himmel überzeugen und nicht seine Frau.

Dann standen sie engumschlungen und vom milden Licht des Abendhimmels überflutet. Aus der Ferne sahen sie aus, wie eine lebendige griechische Skulptur aus weißem Marmor, die man mit Gold überzogen hatte – sahen aus, als hätte ein Künstler sie aus einem einzigen Marmorblock geschlagen, während der Himmel dabei war, ihr Leben einzuhauchen.

„Ich glaube, da kommt jemand", war die Stimme der Königin zu vernehmen.

-

Die Mutter war zurückgekehrt. Sie stand in der Diele und zog sich den Mantel aus, dann die Schuhe.

„Wo seid ihr, meine Kinder!" rief sie. Keine Antwort.

„Hallo!" rief sie noch etwas lauter als vorher. Doch auch jetzt antworteten ihre Kinder nicht.

„Gabriela – Gabriel!?" hörte man jetzt ihre Stimme durch das Haus schallen. Als sie die Einkauftasche in der Küche abgestellt hatte, machte sie sich auf den Weg, um nach den Kindern zu sehen. Sie ging auf die Kinderzimmertür zu, die leicht angelehnt war und wunderte sich über das helle Licht in dem Zimmer. Ja, es war ein ganz warmes, mildgoldenes Licht. An der Tür angekommen, lugte sie erst durch den Spalt, bevor sie langsam die Tür öffnete. Sie machte einen kleinen erstaunten Schritt in das Zimmer und blieb gebannt stehen.

Da saßen ihre Kinder und hielten sich an den Händen. Sie schienen wie ein seltenes Kunstgebilde. Die Märzsonne schien schräg in den Raum und hüllte ihre kleinen hockenden Gestalten in ein weiches Licht. Ihre schmalen Gesichter waren aufgelöst, völlig verklärt und glühten von innen, so als würden sie aus der Tiefe ihrer jungen Herzen angestrahlt. Ein wundersam glückliches Lächeln lag um ihren Mund. Die Mutter nahmen sie anscheinend noch immer nicht wahr.

Jetzt ging sie langsam zu ihnen. Als sie sie erreicht hatte, hockte sie sich erst hin, dann setzte sie sich im Schneidersitz zu ihren Kindern und schaute weiter verwundert und auch etwas verwirrt mal den Jungen, dann das Mädchen an. Irgendwann öffnete erst Gabriela, dann Gabriel die Augen. Die Kinder tauschten einen langen Blick, so als müssten sie sich von etwas lösen, dass sie gerade erlebt hatten, beide gleich, obwohl doch jedes die Augen geschlossen hatte und es unmöglich war, dass beide das Gleiche gesehen und erlebt hatten. Schließlich schaute das Mädchen zur Mutter und meinte: „Schon zurück, Mutti?"

„Was habt ihr gemacht, ihr beiden?" erwiderte sie.

„Wir waren in unserem Königreich, einem schönen und friedlichen Land", antwortete der Junge leise und sah die Mutter von ganz unten an, überzeugt davon, dass sie ihm und die Schwester sowieso nicht glauben oder verstehen würde.

„Meine Kinder", platzte es aus der Mutter heraus, „ihr wart in einer Märchenwelt?" stellte sie laut und irgendwie erleichtert fest.

„Das verstehst du nicht, Mami", meinte Gabriela zu ihrer Mutter und ihre braunen Augen blitzen dabei auf.

„Unser Schloss ist kein Märchen. Dort waren wir vor ganz langer Zeit schon einmal. Wir haben da gelebt als König und Königin. Jetzt sind wir hier und sind Bruder und Schwester!" erklang die Stimme des Jungen ungewohnt energisch, so als dulde er keine weiteren Einwände der Mutter.

Die Mutter verstand jetzt, was mit ihren Kindern war. Es war die Fähigkeit, wie sie meist nur einem Kind zu Eigen ist: Die kindliche Gabe der Fantasie und der Unbekümmertheit des Tagträumens. Sie ließen sich einfach in diese Märchenwelten gleiten und verschwanden für eine Weile darin. Es war der Zugang zu Welten hinter der Welt, zu einer Wirklichkeit jenseits von Worten und Erklärungen.

„Ich habe ganz sicher zwei außergewöhnliche Kinder, ja, das habe ich", sagte die Mutter, beugte sich vor und umarmte Gabriel und Gabriela. Die Kinder drückten sich an ihre Brust und schauten sich unter den Armen der Mutter hindurch lächelnd und wissend in die Augen.

Es war still in dem Zimmer. Da war nur ein leises Atmen und am Fenster hörte man den Wind vorbeistreichen.

RAUM DER STILLE

HAST DU DIE MAGIE
IN DIR SCHON MAL ERFAHREN?
DAS MYSTERIUM DEINES LEBENS?
BIST DU SCHON EINMAL
AUF DEN GRUND DEINES HERZENS GETAUCHT?
HAST DU DEINE TIEFE
EIGENE WIRKLICHKEIT GESCHAUT?

ICH HABE ES GETAN
ES HAT MICH ZITTERN LASSEN
ERSCHAUDERN
GEHALTEN
IM RAUM DER STILLE
TIEF BERÜHRT BIN ICH WIEDER AUFGETAUCHT
ERSCHROCKEN ZWAR
ABER BEREICHERT ZUGLEICH
ICH WERDE ES WIEDER TUN
IRGENDWANN WERDE ICH DORT BLEIBEN.

lt werden, alt sein, alleine sein. Manchmal traue ich mir vorzustellen, wie das ist. Alle sind gegangen, nicht mehr da oder sehr weit weg, sind tot oder leben ihr eigenes Leben, in dem ein alter Mensch keinen Platz hat. Was tun, wenn es soweit ist? Wie das Leben mit Inhalt füllen? Ich gehe dann mit wackligen Knien und verlorener Muskelkraft und der nächste Wind schon kann mich um pusten. Und wie geht es mir dann seelisch? Habe ich dann nur noch meine Erinnerungen an...? Ein Leben das hinter mir liegt und der Tod, der Tod ganz nah? Oder holt er mich schon früher?

Schaue ich jetzt auf mein Leben, wo ich zwar älter aber noch nicht alt bin, dann blicke ich schon jetzt auf ein erfülltes Leben zurück. Ja, ich habe gelebt! Es war nicht alles gut und ich habe auch nicht alles richtig gemacht, habe sogar Fehler gemacht. Ich habe vielen Menschen gut getan, aber einigen nicht. Den einen oder die andere habe ich sogar sehr enttäuscht, gekränkt, verletzt. Und es gibt bestimmt auch jemanden, der das Gefühl hat, ich habe ihn nur benutzt, ausgenutzt, gebraucht oder missachtet in irgendeiner egoistischen Art und Weise. Ich sag mir dann. „Hallo! Du bist doch auch nur ein Mensch, oder? Also kannst auch du irren und Fehler machen, oder?" Ich sage mir dann: „Ich bereue und es tut mir leid"! Das kann ich mit ehrlichem Herzen sagen. Und wenn mir dann irgendwann bewusst geworden ist, was und in welcher Art ich verletzt oder gekränkt habe, dann habe ich mich entschuldigt oder war bemüht, gleiches oder ähnliches nicht zu wiederholen. Das ist mir bisher meist gelungen. Bei allem aber hat mich eins nie verlassen. Bei allen Verlusten, selbst geschaffenem oder anderen zugefügtem Leid habe ich eines nie verloren: Den Glauben an mich, an andere und den Glauben in das Leben. Ich bin immer zuversichtlich geblieben und habe getan, was nötig war, um es wiedergutzumachen oder beim nächsten Male besser zu machen. Meine optimistische lebensbejahende Haltung habe ich zu keinem Zeitpunkt in meinem Leben verloren. Und am Schluss konnte ich loslassen. Heute weiß ich, dass das mit das wichtigste überhaupt ist.

Loslassen!

Vertane Zeit?

Der alter Mann sitzt auf einem Stuhl vor einem Tisch, auf dem zwei Gläsern stehen. Er schaut leicht vorgebeugt und andächtig auf die beiden Gläser. Für den alten Mann ist heute ein besonderer Tag. Es ist der Todestag seiner Frau, mit der er mehr als ein halbes Leben zusammengelebt hat und die vor einigen Jahren sehr plötzlich verstorben war. Den Raum mit dem Tisch, dem Stuhl und den beiden Gläsern, hatte er für seine geliebte Frau hergerichtet. Es war ihr Raum, wie er allen immer erzählte, wenn er gefragt wurde. Der Raum war fast überirdisch weiß gehalten. Alles war weiß; der Tisch, der Stuhl, die Wände und auch die Stores. Selbst der alte Mann war ganz in Weiß gekleidet. Nur der Fußboden bestand aus hellem Kiefernholz und bildete einen angenehmen Kontrast, einen sichtbaren festen Boden, der leise knarrte, wenn man über ihn hinweglief. Ihm gegenüber hing an der Wand ein Bild seiner Frau mit einem Trauerflor wie ein kleiner dunkler Farbklecks im Weiß des Raumes.

Der alte Mann saß schon sehr lange dort. Er war mit den ersten Sonnenstrahlen aufgestanden, war ins Bad gegangen und hatte sich dann angezogen. Gefrühstückt hatte er nicht. Das geschah öfter, seit seine Frau verstorben war. Es wollte ihm alleine einfach nicht schmecken und nur wenn der Hunger ihn sehr plagte, aß er meist irgendwann im Laufe des Tages eine Kleinigkeit. Später war er in das weiße Zimmer gegangen, hatte die beiden Gläser sorgfältig bis zur Hälfte mit Wasser gefüllt und auf den Tisch gestellt. Die letzten Jahre hatte am anderen Ende des Tisches noch eine Blumenvase mit frischen, bunten Blumen gestanden und auf dem Boden unter dem Bild brannte dann eine Kerze. Aber in diesem

Jahr waren diese Plätze leer. Der alte Mann hatte es vergessen und erinnerte sich erst, als er später auf dem Stuhl Platz genommen hatte. Als er sein Versäumnis bemerkte, schüttelte er nur den Kopf, so als wolle er sagen: „Was soll's? Du wirst es eh nicht vermissen!"

Mit dem „Du" meinte er seine Frau.

Die klaren, blauen Augen des alten Mannes waren hellwach. Sein Verstand arbeitete leise und verlässlich, auch wenn er in letzter Zeit manchmal etwas vergaß. Mit seinen fast neunzig Jahren durfte er das aber, wie er immer wieder mal mit einem schiefen Lächeln meinte. Jetzt blickte er mit diesem feinen schiefen Lächeln und tausend Falten um die Augen auf die Gläser:

„Ja, meine Liebe", meinte er schließlich und schaute dabei eines der Gläser direkt an, „Ja", sprach er weiter, „das warst du, dein ganzes Leben lang immer halb leer".

Sein Blick senkte sich ein wenig und wanderte von der Tischplatte zum Boden. Erinnerungen überfluteten ihn. Situationen, Bilder, die er heute zuließ und auf die er mit seinen noch wachen Augen blickte, wie auf einen Film, den man schon oft gesehen hat, aber immer wieder anschaut und dabei immer wieder etwas Neues entdeckt.

„Ich kann ja weiter versuchen, dich davon zu überzeugen, dass es sich lohnt, das halb volle Glas zu sehen und nicht das halb leere", sprach er dann und seine Stimme hallte ein wenig wider in dem fast leeren Raum.

„Und du wirst mir dann wieder antworten, dass ich fürchterlich sei mit meinem Optimismus und dich mal wieder nur nerve und dich sowieso nie verstehen werde, nicht wahr, meine Liebe? Und dass die Realität eine andere ist!"

Während er sprach, hob sich sein Blick und richtete sich auf das links stehende Glas.

„War ich ein Narr?" fragte er in Richtung des halb vollen Glases.

„War ich zu optimistisch die ganzen Jahre und habe ich dich damit immer wieder nur gequält?"

Er schwieg wieder und seine Augen wanderten über die weißen leeren Wände bis hin zu dem Bild ihm gegenüber. Jetzt lächelte er und schüttelte dabei den Kopf: „Nein, es ist nicht verkehrt, das Leben positiv zu betrachten!" antwortete er sich selbst. „Es ist nicht verkehrt, an den Dingen, die nicht gut laufen, nicht zu verzweifeln und sich stattdessen zu fragen: Was kann oder sollte ich jetzt lernen und somit besser verstehen? Was kann ich verändern?" Dann schwieg er wieder und das Weiß des Raumes hüllte ihn ein, verlieh allem eine wunderschöne Reinheit.

„Was mich der Tod unserer Tochter gelehrt hat, fragst Du", schallte seine Stimme durch die Stille. Dabei schüttelte er den Kopf unwillig, so als wolle er etwas aus seinen Gedanken und Erinnerungen abschütteln. „Das Menschen sterben!", erklärte er dem Bild an der Wand. „Ja. Menschen sterben. Der Tod kommt und wenn er den Raum wieder verlässt, bleibt jemand von uns zurück und atmet nicht mehr. Er fragt nicht nach dem Alter, das hat er noch nie und nirgendwo getan!"

Der alte Mann atmete jetzt etwas schwerer, so als hätte er sich sehr angestrengt oder aufgeregt. Wieder schüttelte er den Kopf und blickte dabei zu den beiden Gläsern. „Was hat dein nie endender Kummer uns beschert, außer weiteren, endlosen Kummer?" fragte er das halb leere Glas. „Unsere Tochter ist dadurch nicht lebendig geworden! Nur du bist Stück für Stück gestorben, während ich deine Hand gehalten habe, um dir wenigstens etwas Gutes zu geben. Du hast es nicht wahrgenommen, mich nicht wahrgenommen, meine Bemühungen als sündhaft gegenüber der Tochter abgetan und hast dich weiter gegrämt!" Der alte Mann hielt wieder inne, horchte in sich hinein, dann lauschte er in den Raum, blickte zu dem Bild und zuletzt wieder zu den beiden Gläsern.

„Wir haben auch noch einen Sohn, habe ich dir immer wieder gesagt", fuhr er fort und schaute dabei das Bild an der weißen Wand vorwurfsvoll an. „Es ist uns ein Kind geblieben, verdammt noch mal!" redete er weiter und seine Augen wurden etwas feucht, so als würden sie von Tränen gefüllt. „Und wir haben uns noch, oder? – hatten" berichtigte er sich und schaute fragend auf das halb leere Glas, als erwarte er jetzt eine klare Antwort, irgend eine Reaktion.

„Sogar Gott hast du angeklagt und verdammt. Deinen so über alle Maßen verehrten Gott! Deinen Gott", sprach er jetzt leise, beinahe flüsternd und nachdenklich, dabei wischte er sich mit dem Handrücken über seine Augen, als wolle er eine aufkommende Müdigkeit verscheuchen.

„Nein", sprach er weiter, „ich mache dir keinen Vorwurf. Es tut nur hin und wieder noch etwas weh. So viel vertane Zeit! Wir hätten sie besser nutzen können und…", er verstummte – „ich hätte damals gehen sollen!" ergänzte er seinen Satz und schwieg wieder für eine lange Zeit.

Es war später Nachmittag. Der Raum lag im Licht der Sonne, die schräg durchs Fenster auf den Tisch schien. Dabei reflektierte eines der Gläser die Sonnenstrahlen und ein schmales, halbrundes helles Lichtband spiegelte sich auf der glatten, weißen Tischplatte wider. Der alte Mann hatte seine Hände auf die Knie aufgestützt. Offensichtlich fiel ihm das Sitzen doch schwer. Seinen Kopf hielt er ganz gerade und seine Augen hingen dabei unbeweglich an dem Lichtstreifen auf der Tischplatte.

„Wenn du jetzt nur sehen könntest, wie schön das Leben ist. Kleinigkeiten nur, schnell übersehen oder übergangen – aber wunderschön", murmelte er mit leiser aber sehr klarer Stimme. „Dafür hast du kaum Augen gehabt und wenn ich dich tausend Mal darauf aufmerksam gemacht habe", meinte er nach einer Weile, richtete seinen Blick auf das Bild an der Wand und lächelte dabei milde, fast zärtlich.

„Trotzdem habe ich mich nie beschwert, dass du so bist, wie du bist – und auch nicht, dass ich so bin, wie ich bin!" ergänzte er seine Feststellung, um keine Einseitigkeit aufkommen zu lassen. „Es hat mir nur immer wieder Leid getan. Ja, es hat mir wehgetan, immer wieder zu sehen, wie schwer du dir das Leben machst. Wie oft war ich völlig verzweifelt darüber, dass du an dem halb leeren Glas festhältst und Schicksalsschläge als Bestätigung empfindest, statt als Hinweise, endlich umzudenken, oder dazuzulernen, etwas mehr zu verstehen, von dem, was unser Leben ausmacht!" sprach er, und ein leises Stöhnen beendete seinen Satz schließlich.

„Wollen wir nicht alle einfach nur glücklich sein?" fragte er und blickte dabei seitlich auf den Boden.

„Und trotzdem hast du dich dein ganzes Leben lang für andere eingesetzt, hast geholfen, wo du nur konntest – ohne daran zu glauben, dass die Welt und die Menschen dadurch besser werden", sprach er weiter und schaute dabei wieder auf das Bild an der Wand.

„Und habe ich mich nicht immer bemüht, dass es uns gut geht?" hörte man ihn weiter fragen, so, als säße tatsächlich jemand mit ihm in dem Raum.

„All die Zeit und Mühe, damit das Leid der Menschen um uns herum weniger wird. Immer warst du darauf bedacht, hilfreich und freundlich zu anderen zu sein. Ich habe viel von dir gelernt in all der Zeit. Ja, dabei habe ich dir geholfen und bin dabei geblieben, nachdem du gegangen bist!" atmete er die letzten Worte aus, um dann ganz tief einzuatmen.

Die Sonne war weitergewandert und stand noch tiefer im Fenster. Ihr Licht war gelblich und mild geworden, fast so, als wolle sie den alten Mann beruhigen und sanft streicheln. Auch das bemerkte der alte Mann und er lächelte zum Fenster heraus die Sonne an. Ja. Er war ein dankbarer Mensch, dankbar für jeden Augenblick und jeden Atemzug, den er machen durfte. Sogar sein Sohn bewunderte ihn dafür und hatte seinem alten Vater oft gesagt, dass er sich manchmal etwas mehr von ihm wünsche und weniger von der Mutter: „Du liegst in der gesunden Mitte!" antwortete ihm der alte Mann jedes Mal. „Freu dich darüber. Zu optimistisch zu sein, kann dich auch ein wenig blind machen!" Er hatte das aber nie wirklich so gemeint, wollte seinen Sohn nur beruhigen, weil er doch seiner Mutter so nah und ähnlich

war, aber im Großen und Ganzen im Leben gut zurecht-
kam.

Nach einer langen Pause beugte sich der alte Mann
langsam weit vor und ergriff das halb leere Glas. Ebenso
langsam lehnte er sich zurück und hielt das Glas auf Au-
genhöhe vor sich.

„Ich bin zu einem Entschluss gekommen", meinte er, dabei ganz kurz zu dem Bild an der Wand blickend.

„Ich werde dich heute ein letztes Mal austrinken!" Er
sprach ruhig und mit sehr gefasster Stimme.

„Der heutige Tag ist von nun an unser letzter Abschieds-
tag und ich werde ihn nicht mehr zelebrieren", redete
er weiter mit seiner ruhigen alten Stimme und schaute
das Glas an, als wären es die Augen seiner verstorbenen
Frau.

„Ich habe nicht mehr so viel Zeit und die verlorene
Zeit...", er schwieg, als müsse er seine Worte noch einmal überdenken, „wir hatten keine verlorene Zeit,
meine geliebte Frau!" korrigierte er sich. „ Wir hatten
nur schöne Momente, die hin und wieder überschattet
waren – mehr nicht", beendete er seine Ansprache.
Schließlich führte er das Glas an seinen schmalen Mund,
öffnete die trockenen Lippen und trank das Glas mit einem langen Zug leer.

„Das tut gut meine Liebe. Du behältst ein Platz in meinem Herzen – für immer". Er hielt das Glas in Brusthöhe
halb vom Körper weg. Noch einmal betrachtete er das
nun leere Glas andächtig, so wie jemand, der Abschied
nimmt für immer. Dann öffnete er die Hand. Zwischen
zwei Schlägen des Herzens lagen jetzt ein ganzes Leben,
eine Liebe und sein leise ausströmender Atem. Das Glas

hüpfte noch einmal hoch, als es den Boden berührte, drehte sich unendlich langsam in der Luft und zersprang.

„Wir haben es geschafft!" meinte der alte Mann und lächelte verklärt. „Das Glas ist leer. Da ist kein Wasser mehr in dem Glas. Du bist befreit und hast einen Platz in meinem Herzen. Für immer!

Ist das nicht wunderbar?"

ZUHÖREN

ICH SCHAUE DICH AN
DU SPRICHST ZU MIR
ICH HÖRE DIR ZU
HÖRE DEINE WORTE
LAUSCHE

WIR SEHEN UNS IN DIE AUGEN
VERSCHWOMMENE TRÄNEN
EIN GEQUÄLTES LÄCHELN
GEPRESSTER ATEM
UNAUSGESPROCHENER SCHMERZ

ICH SCHAUE DICH AN
DU SCHWEIGST
DOCH ICH HÖRE DIR ZU
LAUSCHE IN DEINE STILLE
NICHT GESPROCHENER WORTE

ICH SCHLIESSE MEINE AUGEN
DU SPRICHST MIT MIR
DEINE WORTE BERÜHREN MICH
ICH VERSTEHE DICH
UND ES TUT WEH

ICH SCHAUE DICH AN
DEINE AUGEN
SPRECHEN ZU MIR
ERZÄHLEN VON ERLEBTEM
ES BERÜHRT MEIN HERZ

ICH BIN STILL
SCHAUE DICH AN
SCHWEIGEND
UND
REICHE DIR MEINE HAND.

DÄMMERLICHT

DER FRÜHE MORGEN
UNGEWOHNT FRISCH
KÜHL
DIE NACHT
TRAUMLOS
SCHLAFTRUNKEN SCHAU ICH IN DAS DÄMMERLICHT
DAS ROTKEHLCHEN SINGT
DANN EINE DROSSEL
SIE STIMMEN DEN TAG EIN
MEINE SEELE SINGT MIT
EIN LEISES SUMMEN

ICH ÖFFNE MICH
SCHAU NACH OSTEN
WARTE
AUF DAS GLUTROT DER SONNE
VOLLER AHNEN
VOLLER SEHNSUCHT
VOLLER BEGEHREN AUF DAS NEUE

ABER AUCH DANKBARKEIT
ICH DARF WEITERGEHEN
NOCH EIN STÜCK WEITER
IN DIESEM LEBEN

ERLEBEN
FÜHLEN
MIT OFFENEM HERZEN SCHAUEN.

m tibetischen Totenbuch wird der Sterbevorgang genau be-schrieben. Wenn das letzte Ausatmen getan ist, geht es aber weiter, der Prozess der Ablösung des Geistes von dem nun leb-losen Körper, dem Fahrzeug, das uns durchs Leben getragen hat und nun zerfallen wird. Unsere leibliche Existenz ist damit been-det, die geistige nicht. Was im Westen als Seele verstanden wird, Seelenwanderung, das, was nach dem Tod weiter existiert, nicht stirbt, nennen die Buddhisten GEIST. Der Geist habe hier aber keine Form oder irgendetwas Gegenständliches, Greifbares oder etwas, was mit der leiblichen Existenz vergleichbar wäre. Auch zu sagen, es wäre eine Art Energie oder ein bestimmter energeti-scher Zustand oder sei ähnlich beschaffen, wäre eine unzutref-fende Beschreibung. Im Grunde gibt es in keiner Sprache der Menschheit ein Wort, das das, was mit Geist gemeint ist, ange-messen beschreiben kann. Es ist aber auch kein NICHTS, ein Va-kuum oder sonst etwas. Es ist einfach nur anders, als alles, was wir mit unserem Verstehen oder technischen Mitteln erfassen können. Im Buddhismus wird der Geist verglichen mit dem Raum selbst. Dieser ist grenzenlos und leer und gleichzeitig angefüllt mit allen Eindrücken des letzten und aller vorangegangenen Leben.

In letzter Zeit habe ich trotzdem versucht, mit meinem normalen Menschenverstand zu fassen, wie das wohl ist, wenn der Geist sich vom Leib gelöst hat. Wie er dann zwischen dem letzten und einem neuem zukünftigen Leben dahintreibt, selbst nicht fassen könnend, was nun los ist. Wo ist mein Körper? Was ist gesche-hen? Wo geht jetzt die Reise hin? Diesen Zustand zwischen der letzten und bald folgenden neuen Existenz, nennt man BARDO. Er dauert nur 49 Tage. Von dieser kurzen Zeitspanne möchte ich er-zählen, so wie es sein könnte, aber wahrscheinlich gar nicht ist.

Oder?

Erkennen

Im endlosen Raum des Universums wandert der Geist, fließt wie eine feine Strömung mitten in den Tiefen des Ozeans der Leere und grenzenlosen Weite. Wie Wasser in Wasser fließt, ohne Unterschied vom Milieu, in dem es strömt und nur spürbar, wenn man ihm nahe kommt. Anders als all die tausende Male vorher, hält der Geist diesmal inne. Er erkennt etwas. Aber es ist weder Außen noch Innen. Es ist da und doch nicht da. Es ist leer und doch angefüllt von etwas, das mit Worten nicht beschrieben werden kann. Es ist getrennt und doch verbunden, ohne Übergang, ohne Grenze. Es kann weder zerstört werden, kann nicht geboren werden und auch nicht sterben. Das zu erkennen, ist, als würdest Du vor einem absolut schwarzen endlosen Tuch stehen. Genau vor dir ist ein winziges Loch, durch das helles Licht hindurchscheint. Das ist der erste Schritt des Erkennens!

Und dann tauchst du ein in diesem Raum, der keine Grenzen hat, und du erlebst dann deine tiefste innere eigentliche Natur und kannst sie nicht fassen. Es ist eine Ahnung ohne Worte, ein Erkennen ohne ein Konstrukt oder irgendeine Erklärung, die ja wieder nur mit Worten möglich wäre. Dein Geist, das Unbewusste in uns, nun jenseits aller Konditionierungen, Prägungen oder Erinnerungen in Form von Gedächtnisinhalten, sieht was ist, ohne sich selbst zu sehen. Wie ein Auge, das alles sehen kann, nur sich selbst nicht. Und so lange das so ist und bleibt, geht die Reise weiter, von einem Leben zum nächsten, immerfort und scheinbar ohne Ende, von einem Leben zum nächsten. Und immer wieder wird ähnliches erfahren, nämlich das Streben nach dauerhaften ewigem Glück und Glückseligkeit und die Überwindung von Leid, von leidvollen Erfahrungen: Die leidvollen Erfahrungen, von Alter, Krankheit, Tod und Verlust.

Immer wieder und immer wieder, von einer Existenz zur nächsten. Und das einzige Mittel diesen Kreislauf von Geburt und Tod und immer wieder durchlebtem Leid zu durchbrechen, ist, sich mit einem lebendigen Körper zu verbinden, in einem Organismus, in dem so viel Bewusstsein möglich ist zu entfalten, dass der Geist dahin kommt, seine ihm eigene Natur zu erfahren. Und das ist dann der Erleuchtungszustand, das Nirwana. Nein, es ist keine gähnende Leere oder ein schwarzes Loch, in dem der Geist verschwindet und aufhört zu existieren, sondern ein Zustand so außergewöhnlicher Bewusstheit, dass es das Erleben der normalen Erfahrungen in einem Maß übersteigt, dass du ohnmächtig werden würdest, würde es dir jetzt passieren.

ERLEUCHTUNG!

In meiner jetzigen leiblichen Existenz frage ich mich immer wieder:

Was ist das in mir, wer oder was ist das, das mit meinen Augen sieht, mit meinen Ohren hört, mit meinen Sinnen und mit meinem Verstand diese Welt erfährt? Wie finde ich zu dem Ort in mir, der meine Heimat ist, voll von strahlendem Licht, voll von Mitgefühl und Weisheit und voller Liebe? Was muss ich tun, was sollte ich vermeiden, um an diesen Ort zu gelangen? Und wer kann mir helfen, dorthin zu finden – oder zurückzufinden, wenn ich mich verirrt habe?

Ich lasse mich fallen, falle in mich selbst hinein, spüre nach innen, lausche, fühle, taste, schau in den Raum, der ich bin. Und ich falle weiter in eine Tiefe ohne Ende, in eine Weite ohne Anfang. Dunkelheit umgibt mich und mir ist, als würde ich in einem Ozean treiben, dort, wo kein Licht jemals hinscheint. Eine gefühlte und erlebte

Ohnmacht voller Gefühle, die ich nicht fühle. Aber ich weiß, dass sie da sind, all diese Gefühle, Emotionen, die mein Leben ausmachen, ausgemacht haben. Und ich treibe in dem Ozean, der kein Ozean ist, in einem Fluss in diesem Ozean, der kein Fluss ist und bin ein Teil des Ozeans, den es gar nicht gibt. Er ist nicht da und doch treibe ich in ihm. Wohin nur, wohin nur? Mir ist bewusst, dass ich nach Worten für etwas suche, für das es keine Worte gibt und doch suche ich danach, weil ich gewohnt bin, alles mit Worten zu beschreiben, die Wirklichkeit, meine Wirklichkeit in Begriffe zu fassen. Wie lächerlich mein Bemühen doch ist.

Ganz weit hinten, irgendwo zwischen dem Endlichen und Unendlichen, wird es heller. Wie das fahle Licht nach einer tiefen dunklen Nacht. Langsam treibe ich darauf zu und je näher es kommt, desto größer wird die Angst in mir. Ein fürchterliches Gefühl! Warum freue ich mich nicht? Warum jetzt dieses ungute Gefühl? Das Licht wird heller. Ich treibe in dem Strom der Zeit von der Endlichkeit in die Unendlichkeit und wieder zurück. Endlichkeit, Unendlichkeit, etwas, was ich nicht begreife, obwohl es mich umgibt. Und dann bin ich in einem Raum, der kein Raum ist, weil er kein Anfang und kein Ende hat. Aber er ist wie ein Raum. Und er ist so gewaltig, ja, so überwältigend, dass es mir die Sinne zu rauben droht. Von einem Licht erfüllt, heller als tausend Sonnen und dabei von solch einer Milde und Weichheit, von solch einer Klarheit und Transparenz, das mir nur ein Wort einfällt –

LIEBE.

Ist das das Paradies, die reinen Länder, der Ort wo wir alle irgendwann sein werden? Gibt es Gott? Ist das Gott? Ist Gott einfach nur dieser Raum ohne Grenzen, in dem alles entsteht oder wieder vergeht? Dieser Raum hat keine Substanz, keinen Inhalt. Er ist Form und Leere zugleich. Ich bin in ihm als Teil und doch nicht verschieden, bin selbst ohne Anfang und ohne Ende. Ich fühle mich verbunden und erfüllt und ein Ahnen entsteht von der Unendlichkeit des Seins, meiner, unserer Existenz. Das Licht, dieses überirdische fluoreszierende klare alles umfassende und durchdringende Licht, durchströmt mich, umgibt mich, erfüllt mich. Der ganze endlose Raum ist Licht, einfach nur Licht. Und dann verändert sich der Raum ohne Grenzen. Der Strom der Zeitlosigkeit hat mich weitergetragen und Farben kommen auf mich zu. Eine rote Sonne wandert über mich hinweg; oder taucht sie unter mich hindurch? Dieses Rot ist, wie gerade das helle alles durchscheinende Licht, von einer Intensität, das mir die Sinne zu schwinden beginnen. In diesem Licht nehme ich plötzlich Gefühle wahr. Zorn, der mich zitterig macht, explosiv, sprudelnde Lebendigkeit, die mich umherwirbelt und Liebe, die mich anschaut und durchflutet, als wäre sie das Leben selbst. Von Liebe und Lebendigkeit getragen und durchdrungen erscheint nun blaues Licht. Dieses Licht trägt in sich die ganze unendliche Weite des Universums und ist erfüllt von allem Wissen über alle Zeiten hinaus und einer Weisheit und Güte, die alles je Begriffene und Verstandene in meinem Leben banal erscheinen lässt. Es umströmt mich und durchwebt mich, entrückt mich, versteht mich ... Wissen, das Wissen davon, wie die Dinge wirklich sind! Bin ich am Ziel angelangt? Ist das Ziel meiner Existenzen nichts anderes gewesen, als da hinzugelangen zu verstehen, endlich zu verstehen? Ein Bewusstsein zu erreichen, in dessen helles durchscheinendes Licht ein Erkennen aufblitzt, dass alles vorher Erkannte nur als Illusion erscheinen lässt? Der leere Raum ist erfüllt und doch leer. Ich bin in ihm, ein Teil von ihm, aber es gibt keine Grenzen, kein Du, kein Ich. Alles erscheint mir wie ein Traum. Habe ich mein Leben nur geträumt? Habe ich nur geträumt, um endlich aufzuwachen?

Ja, gleich werde ich aufwachen und dann bin ich wieder hier, hier in diesem Leben. Dann ist es gut. Der Traum ist zu Ende oder geht weiter. Ja, es geht weiter, kann wieder Tag werden, wieder Nacht und so fort. Ich werde mich bemühen, meine Aufgaben zu erfüllen, meinen Job gut zu machen und auf kleine Zeiträume hoffen, wo ich etwas Muse habe für mich, für ein paar nette Vergnüglichkeiten, allein, mit meiner Frau oder anderen mir lieben Menschen. Oder ich werde aufwachen und aus dem Raum der Zeit- und Endlosigkeit auf mein letztes Leben zurückschauen und hoffen, dass ich ein wenig von dem, was ich gerade erfahren habe, was mich gerade umströmt und durchström hat an Liebe, Güte, Weisheit und Mitgefühl als auch Wissen um die Dinge, wie sie wirklich sind, mitnehmen werden kann in mein nächstes Menschenleben.

Ja, das wünsche ich mir von ganzem Herzen!

BEWUSST SEIN

SCHWEIGEND SCHWEIGEN
EIN SCHMERZ
EIN LAUT
EIN TON
ICH SITZE UND HÖRE AUF DEN SCHLAG MEINES HERZENS
LAUSCHE IN MICH HINEIN
SPÜRE, FÜHLE, AHNE

ICH SITZE UND HÖRE IN MICH HINEIN
ALLES IST WIE IMMER
NUR EINES IST ANDERS
DA IST EINE STILLE
ZWISCHEN DEN SCHLÄGEN MEINES HERZENS

ICH HÖRE DIE GERÄUSCHE DER WELT
AUTOS IN DER FERNE
EINE SIRENE, GLOCKENGELÄUT
HÖRE DEN WIND IN DEN BÄUMEN
UND DEN GESANG DER BIENEN UNTEN IM GARTEN
ABER ETWAS IST ANDERS
DIE WACHHEIT IN MIR
EIN LEERER RAUM ZWISCHEN EIN- UND AUSATMEN

EINE UNBEKANNTE SEHNSUCHT
EIN WUNSCH
DAS ICH LOSLASSEN KANN
LOSGELÖST IM ERWACHEN
DASS ICH DER STIMME MEINES HERZENS FOLGE
UND ICH RUHE FINDE IM ALLTÄGLICHEM EINERLEI
DASS ICH AUS DEM EWIGEN TRAUM ERWACHE
BEWUSSTSEIN
WACH SEIN
JA

DAS STREBE ICH AN.

GETRAGEN

ICH FÜHLE MICH GETRAGEN
VON DER UNWÄGBARKEIT
DES AUGENBLICKS
VON DEM
WAS GERADE IST

ICH FÜHLE MICH GETRAGEN
VON EINER KRAFT
IN MIR
VON DEM HOFFEN UND WISSSEN
AUF DAS MORGEN
WO DAS SCHEINBAR GLEICHE
NICHT MEHR DAS SELBE
UND JEDER AUGENBLICK
EIN ANDERER IST

ICH FÜHLE MICH GETRAGEN
VON DEM WAS IST
UND
VON DEM
WAS NOCH BESTEHEN WIRD
WENN ICH NICHT MEHR BIN

ICH FÜHLE MICH GETRAGEN
VON DEM LICHT IN DER FERNE
DAS ICH NUR MIT DEM
WAS IN MIR IST
GANZ TIEF IN MIR
SEHEN KANN.